U0076033

天下篇，逍遙遊
七星劍，葫蘆酒
你就這樣長身去了江湖
自天涯滄桑風塵回來的你
大鐘鳴鼓，琴瑟竽笙
高台厚榭，邃野之居
或人何在？或人何在？
你又帶書攜酒配劍
從眼前到天涯，一路過去

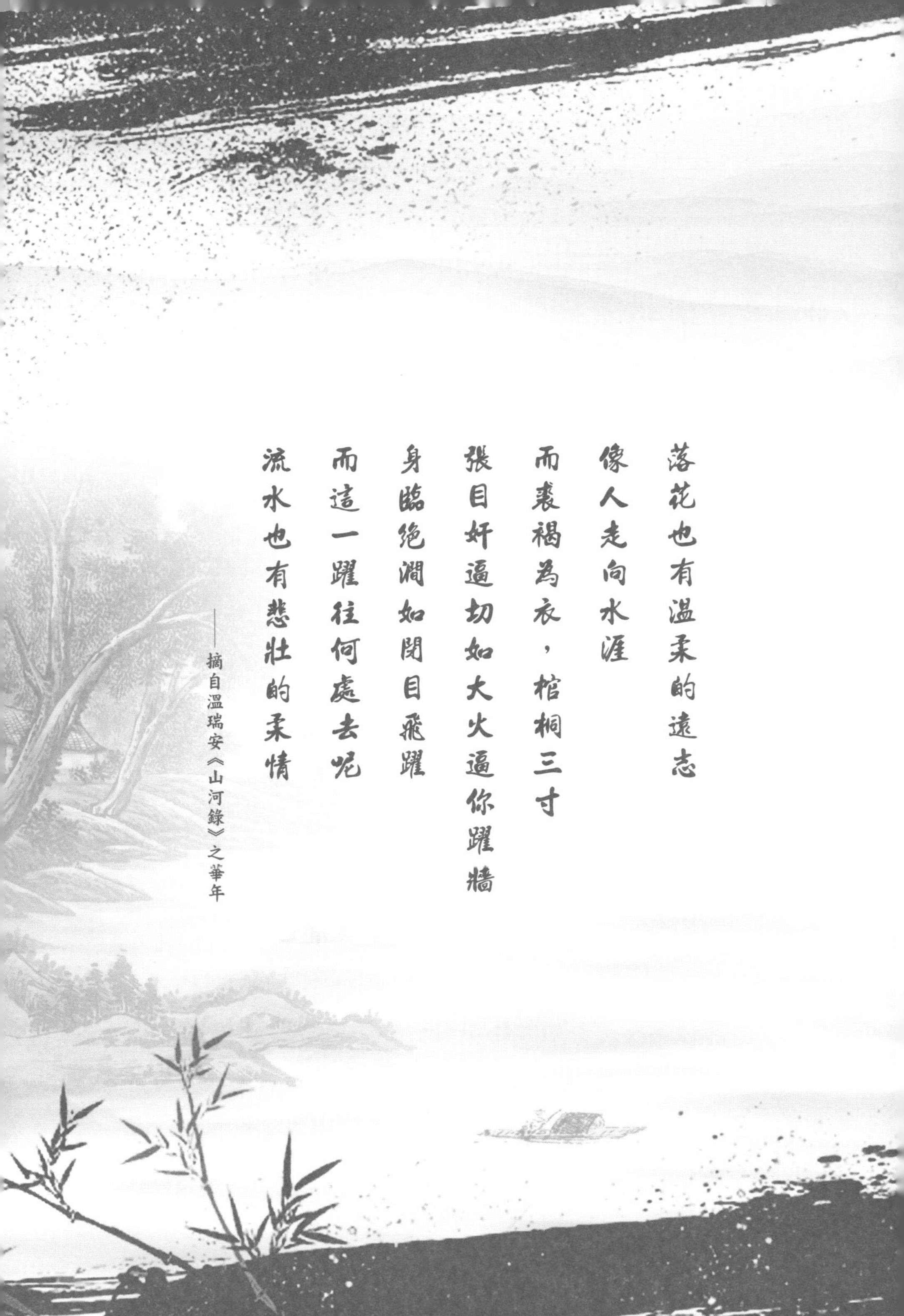

落花也有溫柔的遠志
像人走向水涯
而裘褐為衣，棺槨三寸
張目奸逼切如大火逼你躍牆
身臨绝澗如閉目飛躍
而這一躍往何處去呢
流水也有悲壯的柔情

——摘自溫瑞安《山河錄》之華年

神州奇俠

卷六

神州無敵

溫瑞安 著

武俠經典新版

炭與霜

《神州無敵》自序

「神州無敵」寫於一九八〇年初我手創的「神州社」崩敗期間，那段日子打擊一個接一個，意外一次接一次，但我仍咬牙苦忍著、力撐著，「神州」並沒有倒下——如果不是最後用上那大丈夫所不取的行徑來使這個本無涉於政治、僅有志於文學的詩社天崩瓦解的話，我相信它迄今仍屹立著，而且對發揚中華文化和培養年輕一代士氣，必有更進一步的貢獻。

寫「神州無敵」的時候，心緒大亂，挽狂瀾於既倒，文體變得極不穩定，有很多非中國語言句式的文字出現，這使得我的文體有更進一步的創新與變化，但也使得我的語式和風格太過扭曲和詭奇。我相信這種「變」對整個創作過程裡偶一爲之是不妨的，但這種文風的存在破壞性大於建設性，在未全面融會貫通之前，我不會太喜歡。不過由於文筆的改變，提供了我新的形式，進而影響了內容，導致我用較創意的角度

溫瑞安

溫瑞安

去描寫，使我並不後悔這種變更。相信細心的讀者會留意到，我的作品風格一向變幻甚鉅，起伏甚大，每一次在現實生活上的轉異，影響了心境，筆下風格亦產生變化。因此，氣功大師黃漢立勸我應該要設法先完成「蜀中唐門」和「唐方一戰」，使整個「神州奇俠」故事較為貫一（當然不能完全貫一，單只「神州奇俠」八集裏已「變」了數次）的文風裏完成，我認為他說的有理。

在當今的環境裏，只要不被允許，誰都會「英雄形象」破碎，誰都寫不成「烈士」。我既不是「個人英雄」（我只是「大家英雄」——大家都是英雄，或相看皆成英雄，一粲也！），也不想當「烈士」，但是在「神州無敵」裏的英雄烈士，他們卻真的拋頭顱、洒熱血！「神州」雖不能真箇「無敵」，但總算曾有這麼一股大志在「縱死俠骨香，不慚世上英」，應該不是兩三句饞言，四五人背棄，七八種毒手就可以使之煙消雲散的罷。

稿於一九八四年六月十五日「明報晚報」發表完「談《笑傲江湖》」後

校於一九九三年七月十七—十八

日兩年留鬚今剃去／商報刊出我之報導／方取命表／「江蘇文藝出版社」《箭》匯款將匯出／「安徽文藝出版社」約出《六人幫》起混淆／「中國文聯出版社」將推出《今之俠者》／上海「新民晚報」讀書樂版主編曹正文傳真

修訂於一九九七年十二月廿七日派梁赴珠海緊急處理安排陳國陣、王鳳、夏蝶等訪問事／飲下大量玻璃碎片，果汁中伏，居然靠內力全逼出，無恙／吳明龍恢復聯繫

神州奇俠 正傳卷六 神州無敵

目錄

第一章　墨刀魔杖

一　費仇

終於到了棋亭。

棋亭上大局已定。

在亭子附近，有七八具死屍，死的當然都是費家的人。

鐵鑄的亭子外，東、南、西，北，各有一人，竹笠覆臉，四色繽紛，正是上官族的高手。

只有亭子內沒有死人。

而且還有活人。

兩個活人。

兩個人，正在下棋。

一個坐著，一個站著。

坐著的人，似已坐了很久很久了，佝僂著背，皺著眉頭，連眼睛都快打不開來了，但他安然地坐在那裡，卻給人一種泰然如磐石的感覺。站著的人，隨隨便便地站著，一足踏於石凳，一手支頤，但給人一種蒼松臨風的傲然不拔的感覺。

坐著的人右邊銀眉有一道深深的疤痕，是一枚鐵蒺藜崁進去的痕跡；那是他當年與唐門第一高手唐堯舜格鬥的結果：那暗器打斷了他的眉運——他聳揚的眉本來可以使他三十歲以後名噪一時——但他卻是唐堯舜一生戰役中唯一的活口。

可是他現在面臨的是一副殘局。

殘棋。

所有的活子被截殺。所有的退路被封死。所有的先機盡喪。所有的守勢塞絕。一個人如果到了這局棋的地步唯有跳下山去尋死。他現在遇到的正是這樣子的棋局。

他歎了一口氣。

對方拎起了棋子，果然下了那一著。

殺著。他已沒有生機。

對方顯然也看出了這點，而且斷定了這點，他用手頂了頂頭上的竹笠，現出他那縱錯刀疤猙獰的臉彷彿也歎了一口氣道：

「你沒有路了。」

言下不勝惋惜。

坐著的老人把雙手插進雙手衣袖裡，肩聳得老高，連聳了幾次眉，終於舒出了一口白茫茫的煙氣，道：

「我這棋局敗了。」

站著的人就是上官族的「家長」上官望，他說：「你要自戕還是要我動手？」

那坐著的人無辜地抬頭：「爲什麼？」

「你不懂？」上官望殘酷地笑道：「在江湖上，敗了就等於死。」

「哦。」坐著的人恍然道，「我的棋局雖然敗了，死的是棋子，不是我；」

「我不能死。」這坐著的人眸中發出了凌厲的精光：「我沒有敗。」

「因爲我心裡還有生機。」

坐著的人當然是費家老大費漁樵。

上官望睇著他，目光卻生出了刀刃一般的寒芒，好像從未見過這個人似的。

這時蕭秋水等恰好過了「鷂子翻身」，走上「博台」來。

蕭秋水遙望見兩人下棋，就知道這兩人定力、內力都很了不起。

「棋亭」裡的棋子奇大，而且是鐵鑄而成的，兩人居然隨隨便便，稀鬆平常地拎著下，一點都不以爲意的樣子，——這要非常功力。

亭外死了那麼多人，不管是自己人，還是敵人，至少都經過一場驚心動魄的廝鬥搏殺，但兩人平心靜氣，淡然對奕，——這要非常定力。

蕭秋水方才走過去，那四人立即就動了。

動得奇快無儔——一下子，蕭秋水變成了那亭子。他們就似塞死那棋亭一般地截殺了蕭秋水的攻路或退路。

現下蕭秋水只有一條路——

跳下去。

下面是懸崖。連鷂子也飛不上來的深崖。

跳下去的路當然是死路。

而蕭秋水目前只有這條路。

蕭秋水願不願走？

上官望笑了：

「你現在當然只有一條路。」

「退回去；」上官望目中精光閃動，「你打前鋒有功，我答應不半途向你出手。」

蕭秋水搖首。

上官望目中殺氣大現。一隻鳥雀，不知如何竟掠到這兒來，忽然沈下山崖去，只在眾人眼中那麼一幌而過。

「如果你守信諾，費家也不會有今天了；」蕭秋水說：「費兄伉儷，也不必做一對沒有臉目的夫婦了。」

費士理、皇甫璇激動得全身發抖，正要上前，蕭秋水一把攔住。上官望的目光如刃，冷得就如一塊鐵砧：

「他們把事情都告訴你了？」

蕭秋水的目光橫掃了回去，就似一柄厲斧敲斫在鐵砧上，星火四濺：

「若要人不知，除非己莫爲。」

上官望怒笑，刀疤縱橫的臉容有說不出的可怖：「如果沒有紫鳳凰的指引，你哪裡找得到華山來？那你的朋友就死定了。紫鳳凰是柳隨風的人，柳五是李幫主的手下紅人——而我們的靠山也是『權力幫』，你跟我們作對，有沒有考慮清楚這點？」

「我不必考慮；」蕭秋水正色道，「如果權力幫是利用我剔除費家，首先就沒有得過我同意。」

「我是不受人利用的。」蕭秋水斂容道。

「可是你已殺了費家很多人，而且，費家的人也抓了你的朋友；」上官望嘿嘿笑道：

「費家與你，血海深仇。」

「並無深仇；」蕭秋水冷冷地道，「他們也並沒有殺害我的朋友，並且準備把他們釋放出來；」

「我確實殺了不少費家的人，而費家也殺害了我的外祖母；」蕭秋水緩緩地道：「不過，我可以把復讎一事先擱置一邊，先料理了乘人之危的人再說。」

「你跟傳說中的激情少年，果有不同；我是低估了你；」上官望瞇著狡詐陰毒的眼珠子道：

「不過，你以爲憑你那點能耐，可以對付得了我們？」

蕭秋水卻言而顧他：「上官族的高手代表，只有你們五人？」他又加了一句：

「就你們五人？」

上官望因這句話含意的侮辱，而變了臉色，滿臉的刀疤，顯得愈發可怖。

費漁樵一直望著他們兩人對話，臉上露出深思的沈容，這時加了一句話：

「我們先除上官族的人，再與你決一死戰。」

他是向著蕭秋水說話。那個「你」字，當然係指蕭秋水而言。蕭秋水忽然心裡昇起了無由的感動。費漁樵那句話很不討好，但很老實。如果不老實，他也不會傻到被上官望利用，而且捉拿梁斗等來威嚇蕭秋水交出「天下英雄令」了。

——就算退敵後，費漁樵仍要和自己決一死戰，蕭秋水還是要先與費漁樵逐退上官族的人。

——上官族太皐鄙。

這時這個包圍蕭秋水的人，突然都多走了一步。

走多了一步，即是踏前了一步，也等於向蕭秋水迫近了一步。

包圍圈驀然縮小，強大凌厲的煞氣，迫得任何人都得要向後退出至少一步。

——蕭秋水也想先退半步——拉好距離，再擺好架勢，以便反擊。

但就在這剎那間，他硬生生把欲退的腳步頓住。

——不能退！絕不能退！

退就是死路！只要有了後退之心，無形中等於認同了死路！

而且這四人配合無間，所散發出來奇厲的殺氣，無疑的經數十年來的配合，爲的就是先將敵手迫退——先喪其膽，再奪其魄！

四人眼見蕭秋水有退意，腰間五行輪正要出手，一擊搏殺——就在這時，蕭秋水陡然頓住。

凌厲的劍氣咄咄反逼了過來。

這一下雖無半點聲息，但勝過霹靂雷霆，四人在這電光火石的刹那間，徐進的腳步如遇鐵壁，猶豫間反退了半步！

就在這時，蕭秋水出手！

他一劍攔腰反斬，紫電穿雲，勢所無匹！

四人怔住——就在這刹間，那在亭中的上官望叱喝：

「回來！」

四人飛掠，分四個方向，落於亭內。

蕭秋水一斬而空。

——這是蕭秋水自從經八大高手調訓以來，第一次失手的出擊。

四人四種色調的衣服，在白茫茫潑墨般的山水下，特別明艷的一閃，即落到亭子裡去。

這四人中，已無一人敢輕視那叫蕭秋水的年輕人。

蕭秋水的那一劍，無疑已震懾住他們的魂魄——要不是有上官望及時的呼喚，只怕真的魂飛九霄去了。

上官望也神色凝重，沉聲道：

「準備四象陣法！」

四人頷首，自腰間拔出陰陽輪、日月輪、龍鳳輪、金銀輪，他們極有信心——蕭秋水再強，也強不過連柳隨風都認爲的「四象陣猶勝武當『兩儀劍陣』，媲美少林『十八羅漢陣』。」上官族威望能保迄今，多虧這陣仗不少。

上官望始終注意著費漁樵。

只要費漁樵稍動，他就動手。

他與這四名愛將合起來的「五行陣勢」，卻是比「四象陣」還要強上十倍，堅不可摧。

可是費漁樵沒有動。

他只是笑了。

笑得極是滄桑。

「上官，冤有頭，債有主，你，逃不了。」

上官望正想弄清楚費漁樵爲何這樣說的時候，他身邊的黃衣人已慘吼倒下去。

他齊腰被斬成兩段——上官望又驚又怒，這時對面的綠衣人也發出一聲哀嚎。

上官望叱喝：「快退！」

其實不待上官望呼叫，其他二人，已迅若彈丸，飛出了亭外，惶恐萬分地、口呆目瞪地怔住。

只見一個比費漁樵更老但更瘦小的老頭兒，自棋亭桌下攢了出來，正把一柄墨色的刀自綠衣人腹內狠狠地抽拔出來，他是一個獨腳人，右腿空蕩蕩地，窄臉上也有一種空蕩蕩的笑意：

「怎樣？姓上官的？費家的奇門遁甲術還是技高一籌罷？」

上官望即一拳打掉自己頭上的竹笠，露出鬼也似的臉孔，卻好似見到鬼一般地尖嘯道：

「你沒有死!?是費仇！你沒有死！」

二 上官望

那人怪笑，囁囁道：「不錯，我是費仇，我沒有死。」

上官望囁嚅道：「你……你……你不是死了嗎？那晚我明明一杖擊中你的後腦……」

費仇癡癡笑道：「不錯，你確是擊中我，就在『玉枕穴』上；哪，你看——」他指指後腦，腦骨勺子確是凹下一大片，可見當日那一杖之鉅力所造成的傷害：「可是，我並沒有死。我活著，我留下來殺你。」

上官望瞠然道：「你……你……你——」一連幾個「你」字，驚恐無已，竟說不下去。

費仇嘻嘻笑道：「那晚你恩將仇報，偷襲於我，我捱了一擊，未暈倒前使用這柄刀——」他揚起了那墨也似的黑刀，上官望目中驚懼之色更甚。

「……連斬中你十數刀，你居然能掩臉逃生——這點連我也佩服你。」

費漁樵這時突然開口：

「上官望，你已經沒有希望了。」

在上官望的「四象陣勢」、「五行陣法」未破前，卻是誰也不敢說這句話。但是鬼使神差，就在上官望等五人注意力被蕭秋水所分散之際，造成了斷足的費仇一擊得手的機會：連誅兩人，使得上官望的陣式不能運行，再加上費士理、皇甫璇夫婦，以及蕭秋水、陳見鬼、秦風八、劉友等人的聯手，上官望是落盡了下風。

這點費漁樵是清清楚楚的！——沒有蕭秋水的出現，縱他早知老父親費仇匿伏桌下，但依然不可能如此急遽直下，順利得手的。

但是他一開口，依然挑明了蕭秋水：

「蕭少俠，現在費家與上官族已勢均力敵，你大可不管，不妨與我們對敵。」

上官望目光閃動：「蕭大俠，只怕他們殺了狡兔，便要毀了良弓——先助我鏟除他們，再救你的朋友，才是穩當。」

蕭秋水耳濡目染，見聞兩家相互殘殺，實在不忍，忍不住道：

「你們兩家又是何苦呢！身列爲『天下三大奇門』，就算你們毀滅了另一家，還是有排名第一的『慕容世家』啊！」

上官望冷笑道：「慕容世家？……權力幫會讓慕容世情再得意兩年，那才是怪事！」

蕭秋水心內一寒……陡想起李沈舟那空負大志的眼神，與柳隨風淡若春水的眼神，彷彿驟然間目瞳漲大，成了狂熾熱烈的眼神，如火團一般，焚燒過來……明明是熱切的，蕭秋水卻不禁機伶伶地打了個冷顫。

費漁樵沈聲道：「蕭秋水……你若兩家都不幫，請站到一邊去……待料理了上官族的人，再還你朋友。『天下英雄令』的事，甭提了，至於死傷，就當我們咎由自取，不關你的事！」

蕭秋水默然，上官望見蕭秋水兩方面都不偏幫，總算也放下心頭大石。緩緩地擷下腰間的一根短棒。

費仇的笑容凍結在臉上，那癡呆的眼光，這時看來更爲呆癡：

「這就是你的『降魔杖』？」

上官望發出一種近乎粘滯的聲音，而眼中發出魔幻一般的凶光：

「不錯……這就是今日取你項上人頭的魔杖。」

「哈哈哈……」費仇陡地暴笑起來：「墨刀對魔杖！費家墨刀對上官族魔杖……哈哈哈！今日可真是熱鬧唷……」

就在這時，上官望的杖頭「噗哧」一聲，猝然打出一蓬細如牛毛的飛針，噴向費仇臉門。

費仇仍在笑。

眼看針要襲到，他的墨刀驀然一遮。

一柄墨刀，突然漲大，變得如一彎摺扇般，把細針都吸了進去。

但聞一聲慘呼，費士理撫腹栽倒。

原來上官望向費仇噴出飛針的同時，杖尾同時打出一枚無聲無息的白骨針，直打入費士理腹中，這一下聲東擊西，費士理果爾著了道兒，連在一旁的蕭秋水，也估計不到對方作困獸之鬥，猶如此狠毒，一時搶救無及，費士理已臉色慘青，栽倒下去。

只聽皇甫璇哭喚道：「二哥……」

蕭秋水只覺一陣愀然，也不禁義憤填膺，就在這時，「哧、哧」兩聲，費漁樵向那紅衣人及藍衣人射出兩枚鐵棋！

上官望與費仇已交手數招，兩人手中的奇異兵器更詭招殺著齊出。上官望邊返身吼道：

「不要接棋——！」

紅、藍兩人，紛紛跳避，「轟」地一聲，棋子打空，竟炸了開來，那兩人在跳避中卻擷下了竹笠，「呼」地飛旋向費漁樵激轉了過去！

原來竹笠邊沿，嵌滿藍汪汪的利刃，顯然塗有劇毒，費漁樵在炸藥煙霧中，竟似避不過去，身形斜歪扭曲，竟「刷、刷」二聲，爲二帽沿切中——

紅衣人日月雙輪一起，歡呼聲：

「著了！」

藍衣人臉色凝肅，一攔道：

「不對——」

就在這時，費漁樵如鬼魅一般，自兩人背後浮現，兩掌打出。

但是這兩人反應也極快，居然在這千鈞一髮間，竟沉入土中去，費漁樵兩掌擊空。臉色陡變，叱道：

「居然在我面前施『遁土法』——!?」

「噗、噗」兩聲，雙掌竟直插下去！

蕭秋水這時見這情景，驀然想起「落地生根」馬竟終——他也是這樣力擊土中，擊殺「千手人魔」屠滾的——現在他已逝去，他妻子歐陽珊一不知可好？

血光暴現！

費漁樵右手一抽，拔出來時，竟挖了一顆活生生的人心，連素來膽大的潮陽劉友，一睹之下，也幾昏倒。

但費漁樵拔出另一隻手時，五指已被削斷——他痛得白了臉，就在這時，一道藍衣人影，破土而出，靈蛇般鑽入棋亭旁一株松樹幹去。

費漁樵怒叱一聲：

「藏木!?」

一揚手，那松樹就炸了開來，炸得四分五裂，成了碎片，爆射半空，一抹藍衣人影長嘷飛去。

蕭秋水這才真正見識了武林三大奇門：「慕容、上官、費」的奇門異術，就在這時，費漁樵宛若多長了一雙羽翼，長空飛起，截擊而去！

「博台」那邊，也正打得激烈。

倏然人影交錯，費仇突而彈起！

這時藍衣人正掠過棋亭。

費仇一柄墨刀，忽然變成了一支長矛。

至於刀如何變成矛，則快如電光石火，無法瞧得清楚，一刹那，刀已變矛，矛已發出，穿入藍衣人腹腔！

藍衣人慘嚎，墜下，腹部撞地，矛破背而出！

鮮血也同時飛綻！

費仇一舉殲殺藍衣人，但落下時，因僅有一足，身形愴惶，上官望的降魔杖尖，猝地噴出一索飛爪！

飛爪抓住費仇胛骨，爪端繫有一絲金索，上官望用力一抽，爪即深嵌入骨，用力把費仇扯了過來。

可是費仇本來赤手空拳的雙手，忽然往腰間一插，即多了一副手套——嵌滿尖齒般利刃的黑色皮套，令人不寒而慄。

他雖負傷，但仍舊鬥志未消，要與上官望近身肉搏戰——可是上官望手中降魔杖「咯登」一聲，竟彎折為三，成了一支三節棍，可近可遠，一迴臂，已箍住費仇的咽喉！

費仇即刻吐出了長舌，瞪凸了眼睛——可是他戴上皮套的雙手，也立即按在三節棍沿上。

只聽「咯哧、咯哧」二聲，三節棍頭尾二節，竟被費仇的手剪斷！

但是上官望立即放棄三節棍頭尾二節，反而抓住中節，由左至右，用力一抹，費仇的咽喉，立即如噴泉一般，「嗤」地噴出一抹血水來。

原來第二節棍子的中央，嵌有鋼鋸般的刃齒，吐現棍沿，上官望如此一拉拔，登時要了費仇的命。

費仇瞪露著眼珠子，捂住咽喉，搖搖欲墜——他與上官望死敵多年，終於還是喪在對方手下，自然不甘，但上官望爲了對付他，也盡了全力，連手中武器也沒了，並且「嘩呀」一聲跳了起來。

蕭秋水在他跳起來之後，才發覺費漁樵在他的身後，用一種冷峻歹毒的眼神，冷冷地望著跳嚎起來的上官望。

上官望跳起，落下，背靠亭柱，右手扶牆，但不禁將背貼牆，在場誰都可以嗅到一種焦味！

「你……你……」

費漁樵冷沈地道：

「你完了。」

上官望如虎咆哮般吼了一聲，嘶聲嘎道：

「胡說！我……我還沒有死！」

費漁樵凝視著他，奇怪的是眼神中反而流露出一種哀傷。

「但是卻快死了……」

「不，不！」上官望仰天長嗥，忽然語音一啞，「嗖」地一聲，一柄墨色的刀尖，竟自他胸前凸露了出來！

他驚詫不信地俯望胸前刀尖，聲音裡充滿了驚訝與不信：

「我……我終於是……死在這把墨刀之下……!?」

只見在他背後拔出藍衣人腹中長矛，再折合爲刀，暗狙上官望的皇甫璇淒笑道：

「不錯……你最終還是死於我們手裡……」

只聽費漁樵發出一聲短促的斷喝道：

「二嫂，快鬆手……」

可惜已經遲了。

上官望已經發動了。而且是全力發動。他瀕死的一擊，是何等莫可匹禦。皇甫璇飛出，落地，上官望尖呼，旋轉搶前，還待再擊，蕭秋水一攔，反擊，上官望稍退，砂石滾落，他變作一聲嘶吼，直墜入萬丈深崖。潮陽劉友抱住皇甫璇，皇甫璇已出氣多，入氣少，眼睛卻是亮的，好像很愉快的樣子。

「快……」

「快送我到外子身邊去。」

她爬到了費士理屍身前，慘笑著用手往他臉上一抹，「嘶」地扯開了臉上的膜皮，現出了本來眉清目秀的五官來：

「二哥，我們終於可以……終於可以真面目示人了……」

說完她也撕去臉上的膜皮，現出相當秀美的臉容，淒笑道：

「……大仇已刃，這次可以……可以無愧於心了……可惜的是，費家無後，皇甫家也沒有了復仇的人了……」

說著揉撫著她丈夫的手掌，溘然逝去。可是她臨終的話，留給蕭秋水一個疑問——皇甫璇確屬昔日皇甫世家的後裔，難道皇甫高橋不是麼？

蕭秋水目睹那千變萬化的墨刀與魔杖，詭祕莫測的異術，以及那慘烈的戕殺，心中猶載了一塊鉛鐵，無比沈重。

這名動武林的兩大家，現在落得兩敗俱傷——比兩敗俱傷更慘，簡直是玉石俱焚；上官族一流高手已死盡，費家一門卻只剩費漁樵一人，而且一隻手也形同殘廢。

——武林人真的是要在互相殘殺，彼此鬥爭、吞噬、戮戕中才能生存下去嗎？

三　三對傻鳥

蕭秋水等要離開「博台」時，邀約費漁樵一道下山。

——他左手已被削斷，華山「鷂子翻身」處如此凶險，怕不能輕易渡過。

蕭秋水心中確如此臆測，所以邀費漁樵下山，費漁樵卻愴然婉拒。

「我不下山了。費家完了，我就呆在這裡罷。」

「家都沒有了，我下山，已沒有任何意義；你們自己下去罷。」

「你們毋庸替我耽心，家父苟且偷生了這許多年，就是爲了要手刃仇人。他要我把最後一戰引到『博台』來，就是爲了他獨腳不便於行，將上官望等誘來此處，令他難有退路，再拚死一擊。」

「僥倖有蕭少俠在，使他們分神，家父才能連狙殺兩人，破了他們的陣勢；否則，哎，真不知能否復此大仇……」

「家父謫居於此，已備多年乾糧，而且還有甬道通往山徑，諸位就此下山，到南峰去拯援同道罷，我已決定留在這裡，諸位也毋須多勸……」

「誘拿少俠的友人，以求『天下英雄令』，並乞望朱大天王垂憐，是我短淺的眼光……幸而也沒傷了人命，至於你闖山救人，所殺的人，就算不經由汝手，也必歿於上官族之手，算是費家咎由自取，應有此報罷……」

蕭秋水等一行四人，於是拜別了心情滄桑的費漁樵，再渡「鷂子翻身」，接近了華山南峰。

南峰係華山五峰中的最高峰。峰頂上有「仰天池」，終年不涸。池邊鏤鑄了許多大字：「太華絕頂」「睨視群峰」，從峰頂俯瞰秦嶺。遠眺太白、太華、終南諸山，顯得如眾星捧月，無法與華嶽南峰那澎湃的氣魄相比齊。

由南峰西下，便可以到「老君廟」。神話故事裡的孫悟空，大鬧天宮後，便據說在這兒偷吃了太上老君的仙丹，被玉皇大帝派遣天神天將擒著，放進丹爐裡煉熬，不到七七四十九天，金睛火眼的孫猴子卻闖了出來，連一根毫毛都沒有燒焦，又上花果山做他的「齊天大聖」去了。

而今在「太上老君廟」困的不再是孫悟空，而是這一群重義輕利的武林豪傑之士——梁斗、孟相逢、孔別離、林公子、鄧玉平、唐肥、鐵星月、邱南顧、歐陽珊一等人。

蕭秋水憑著費士理給他的鑰匙，一一開啓了機關，在英雄虎淚交迸的歡呼聲中，解開了他們爲「天下英雄令」所負上的枷鎖。

梁斗看見蕭秋水來了，只靜靜地說了一句話：

「你終於來了。」

蕭秋水有膜拜衝動，因爲梁斗知道他一定來。

梁斗沒有看錯。

他果然來了。

鐵星月見蕭秋水出現，也講了一句話：

「他媽的兔崽子王八羔子媽拉巴子直娘賊格老子先人板板去他媽的驢！」

在旁的邱南顧不禁低聲問了一句：

「你在罵蕭大哥？」

鐵星月扳著臉孔道：「不是。」

邱南顧奇問：「那你說那些話是什麼意思？」

鐵星月粗著嗓子道：「我只有在非常快樂時才說這些話；」他瞪住邱南顧道：

「我現在非常快樂；」他愈說火氣就愈大：「如果你不在這裡聒噪，我更加快樂；」

「——更加快活一百倍！」

他發出一聲大吼。

一旁的人都怔了下來，不知道這一對腦筋黐了線的傢伙又在做什麼？

一路下華山，經長空棧道，懸空橫木，僅貼於山壁，驚險之情，尤勝老君黎溝、千尺幢、百丈峽，甚至鷂子翻身都遠不及之。

但是鐵星月、邱南顧可沒因著山路險絕而停止他們的嘴巴：

「你可不可以停止製造噪音？」邱南顧忽然很認真地問鐵星月。

詎料這卻惹起鐵星月長篇大話：「什麼!?我爲啥要閉上嘴巴？我天生一張口，就是用來說話的，我說起話來滔滔不絕，流利乖巧，言不由衷，鞭辟入裡……有什麼不好，用得著你來管？你要我不開口，是不是妒嫉我有天生這樣的口才？不甘心我有這樣的辯才!?」

邱南顧光火了：「我妒嫉你!?」

鐵星月「哇哈」笑道：「這可是你親口說的！」

邱南顧怒道：「我叫你不要說話，又不是叫你閉口！」

鐵星月更似抓到對方痛腳似地爆笑起來：「嘻嘻，哈哈，好啦，你沒有語言的天份，偏來說話，你看你看，現在一說就錯啦……叫我不說話，不是等於叫我閉口？難道我不是用嘴巴說話，用腹語來說不成？就算我會『腹語』，那我嘴巴不用來說話，卻是用來做什麼用？放屁是罷？……」

邱南顧截斷鐵星月的話：「對！你的嘴巴就是用來放屁的！」

鐵星月怪眼一翻，用鼻子哼哼道：「嘿，嘿，你說我用嘴巴放屁，這下好啦，我練成絕世內功啦，居然把腹間疝氣逼上喉頭，再舒放出來，——這下我是一流高手啦，你哪是我的對手，當我徒孫都不如哩。」

邱南顧也不知怎的，大概最近彆氣多，豪氣弱，居然一時辯駁不過鐵星月，氣得雙眼發綠，只能氣呼呼地道：「閉——閉上你的狗嘴！」一時說不下去。

鐵星月「哇哈」叫道：「看哪，看現在哪個先閉上狗嘴呀！」

在旁的潮陽劉友頗看不過去，也接道：「喂，老鐵，人家罵你狗嘴，你可真箇長不出象牙來。」

鐵星月冷笑道：「我人長狗嘴，可不得了哩，是讚美哇，——我的易容術真高明，別人是男扮女裝，或者少充老樣，我卻是化裝成一條狗——更不簡單的是，我只化裝了最難化裝的部分：狗嘴巴！」

瘋女無可奈何，啐罵道：「看你，口沫橫飛，齜牙露齒，——真像條狗！」

鐵星月一招回擊道：「你呢？嘿，眼睛小小，像雞眼一樣，一排哨牙，好像要刨西瓜。」

潮陽瘋女一時為之氣極：「你——你——」「你」不出話來，鐵星月一副「得理不饒人」的樣子，眉開眼笑道：

「怎樣？想罵架？找我老鐵，簡直有眼不識……什麼山，哦，那個什麼著名的山——」

那邊的「閻王伸腿」秦風八也看不過眼，趁機罵道：「有眼不識泰山——連這句諺語都不會講，那裡來的小混混，真是沒見過世面！」

「哈！」鐵星月真是「愈戰愈勇」，「你就見過世面囉，看你那副尊容，男孩子穿裙子，簡直是網開一面，至於你旁邊那個捲髮的，簡直是捲土重來，嘖嘖嘖——好難看唷！」

鐵星月居然把「鍾馗伸手」陳見鬼都罵了進去，真是「一波未停，一波又起」，陳見鬼雙目滾睜，一句回敬過去：

「你罵人少缺德好不好？真正男子漢大丈夫，少作人身攻擊，談話溫文儒雅點好不好？」

鐵星月怪笑道：「妳說話怎麼那末娘娘腔，還說出來江湖上混混，想選個老公嫁人是嘜？——我老鐵可是柳上惠，不是妳勾搭得了的！」

秦風八笑罵道：「什麼柳上惠？是柳下惠！」

鐵星月大不服氣：「我說的是柳上惠！我上面不惠，下面惠！」

陳見鬼吼道：「難聽！難聽！難聽死了！」

秦風八接道：「趕快去洗耳！」

鐵星月卻有「突如其來」的才氣，「哈哈」笑道：「洗耳恭聽對不對？恭聽。」

陳見鬼、秦風八聯合起來都辯不過這「神經兮兮」的鐵星月，就在這時，忽然響起了一個朗誦般，嬌嗲嗲的女音：

「星月，你在幹啥？」

發話的是唐肥。原來在這些日子裡，唐肥老是對鐵星月窮凶，心底裡卻愛上了鐵星月的粗獷豪邁。鐵星月本來最怕唐肥，但唐肥一旦戀上了他，他便心裡不情不願的，換句話說，是「奇貨可居」了。亦因此對唐肥不那麼畏懼，但聽唐肥這般一喚，心裡先酥麻了半片，施聲應道：

「嗨，阿肥，我在談天說地哩。」

陳見鬼等聽得可謂「毛骨悚然，不寒而慄」，低聲喃喃道：「我的媽呀！」

秦風八也囁嚅道：「好肉麻啃！」

劉友也囁囁道：「如果這也叫『吃豆腐』，那這一道就是——」

「超級大塊『麻婆豆腐』！」邱南顧接道。

這六個怪人，說說鬧鬧，眾人聽著趕路，也不覺路遙，便翻到了華山山下。

「理應先到湖北；」一路上他們都聽到將要舉行在當陽的「神州結義」盟主擂台大會；「麥城一帶是當年蜀國大將關羽敗亡之地，也是昔時張飛長板坡喝退曹操追兵之地，這一趟去，少不免又是幾番龍虎風雲了。」孟相逢說。

「武林中目下聲望而言，皆以秋水呼聲最高；」孔別離一面揣摩一面繼續說下去，「這當然是毋庸置疑的。不過皇甫高橋的聲譽也正隆——這人不知何方神聖，直至最近，才聲名大噪，似有實力在後台支持，不可不防。」

蕭秋水早已在一路把大雁塔內的血案與疑雲，一路上詳述給諸人知道。梁斗道：「那凶案確教人費解；」梁斗沉吟道：「究竟是誰，擺佈這一件事，冒充你的樣子，而且還要有高強的武功，才可一舉殺卻數名皇甫公子座下高手——」

「如此一來，」鄧玉平簡潔地道：「皇甫高橋對蕭老弟很可能有了誤會。」

「這幕後有人搞鬼！」邱南顧憤慨地道。

「這裡邊一定有文章！」鐵星月也搶著道。

「而且可能還有人操縱！」秦風八也不甘示弱。

「八成是有陰謀！」陳見鬼也補加上危言聳聽的一句，「大──陰──謀！」

「不管如何；」蕭秋水卓然道：

「我們先到麥城再說。」

「好呀！」潮陽瘋女爆出一聲歡呼：

「到當陽去準沒錯；」劉友興奮得幾乎流口水：「我們的兄弟朋友，全在那裡！」

──想到那干「兄弟朋友」，蕭秋水也不禁瞇著眼笑了：「金刀」胡福、「黑豆」李黑、「雜鶴」施月、「鐵人」洪華、還有大肚和尚等，……想必都在那兒，如同慣常一般，愛湊熱鬧罷。

蕭秋水忖念這裡，不覺微微地笑開了。

「揭陽吳財痊癒了。」瘋女興奮地道：「好好玩，他被廢的雙腿一臂，奇蹟似的被人醫好了。」

「真的？」蕭秋水的眼睛又亮了：「是誰有那麼大的本事？」

原來「舞棍」吳財在丹霞山一役中，與「躬背」勞九，想勸「紅鳳凰」宋明珠及「別人流淚他傷心」邵流淚的架，結果被「大家早．大家好」的宋明珠打得當場身亡，另一給廢掉了雙腿一臂。被廢的人當然就是吳財。

而今蕭秋水聽說吳財已痊癒，心中自然愉悅無比。只要曾是蕭秋水的朋友，就算不在一起闖蕩江湖，只要不曾出賣過大家，蕭秋水便關心他，希望聽見他奮起，看到他振作。蕭秋水從前是對生活上充滿熱切的人，現在雖然變了，但他對生命中仍充滿了熱愛。有些人受的挫折再大，他的信念仍是不改變的。這種人才是真正有「原則」的人。

「是三個人；」劉友道：「三個很奇怪的人。竟用不同的音樂使吳財漸而痊癒。」

——那三個人……？

蕭秋水一恍惚，竟不是先想到「三才劍客」，而是先想到了唐方。……唐方……唐方？唐方！就在這一髣髴間，依稀已過了多少個無聲息的晌午，那情愫都變得挫骨揚灰都不能忘懷了……

——就好像是歐陽珊一對馬哥哥的恪守罷？……原來到了華山山腳，歐陽珊一即懷抱著形同槁木歸灰的心情，拜別了諸人，懷著一甕馬竟終的骨灰，往河北臨榆關（山海關）一帶去，原因是那兒住著歐陽珊一的師父「散花天女」連菊劍。

——敢情對唐方的懷念，也如歐陽姊的懷抱，不管人在不在，那情感都可以大到無所不在罷。

——毋論走到千山萬水，仰望千重萬嶂，但心底的那條小徑還是往那欲泣無淚的深念常行去。

唉。

蕭秋水心裡不禁暗暗自歎。

梁斗那飽經風霜並未變俗反而變得明亮含憂的眼神又清澈了起來，笑道：

「也許……也許等江湖風波險惡平定後，二弟……該到川中去一趟。」

蕭秋水有些靦腆，但他摯真地說：

「要去的，一定要去的！」

爲了這句話，爲了要實踐這句話，蕭秋水日後果真做到了。

可是付出了代價。很大很大的代價。

本章完，全文未完，一九八〇年三月十九日悉黃等反目暗算神州自家人

三校於一九九三年七月十九日—廿日
南洋已正式連載「棍」／與方作新約
定／神油先生可氣人／武魂雜誌仍刊
載「淒慘的刀口」／徐培新捎款至／
自成一派新名片印好

修訂於一九九七年十二月廿六日
查功敗垂成，葉樣衰，累人累物，又
不負責任諉過，致二人幾俾媚如敏貌
姊妹激得紮紮跳／麗晶回請眾弟妹為
我慶牛一／為李順清、白描、依蘭等
訪問稿澳珠二地奔忙校正／趕稿、友
朋最低潮、情感最孤寂時期

第二章　南宮與慕容

一　秦始皇

長板坡、麥城、當陽，都是人所熟知的古戰場。在長板坡立有一塊巨碑，上書「長板雄風」，紀念的就是趙子龍當年匹馬單槍救主人之子，以及張翼德喝退曹軍的史實。

這些青史上有名的虎將，都曾在這湖北古城中大顯身手，古之一戰，迄今仍流傳百代，膾炙人口。

只是蕭秋水此次到襄陽，所面臨的，又是何種挑戰呢？——他在風裡衣袂翻飛，與大俠梁斗等步下華山，只見西天的殘霞，像火燒一般的雲捲，好似燦舒在他曾經格鬥過的地方。吁，明天是好一個晴天，蕭秋水的微喟，在風裡微小得聽不見，風吹過去，風還要再吹十里百里。

走入湖北，江湖已沸騰得如一鍋煮開了的粥，在噴發、冒煙、不可抑制。

「蕭秋水竟然殺了皇甫公子身邊的人！」

「蕭秋水這樣做，太過分了！」

「是呀，若是在擂台正式比鬥猶可，怎能爲了爭奪『神州結義』盟主，如此狠得下手呢！」

「我就是說這年輕人靠不住呀！」

「胡說！我看蕭秋水不是這種人！」

「蕭秋水素來都很講義氣的……」

「義氣!?講義氣!?義氣值多少錢一斤?這個年頭，誰無靠山。就只有殺——講義氣?人頭落地之後，才到陰間裡慢慢去講罷。」

江湖上的傳言就是這樣，對蕭秋水非常不利。

梁斗等把這些傳言都聽在耳裡，陷入蹙眉的深思。鐵星月等卻聽得吹鬚睩眼，頓足跺腳，好不氣煞！

中原武林人士，都把力挽狂瀾的決心期望在「神州結義」的崛起上，但願能在這次決賽中，選出適當的領袖人物，使白道上削弱的勢力，又重新一振，能與朱大天王、權力幫斡旋、甚至相捋！

中土江湖各路精英，宛若一弓數矢，都繃而未發，卻又一觸即發。新近也崛起了不少武林人物，都來競爭這人人欲得之甘心的盟主寶座。

——武林人物，苦練一生，無非爲了名揚天下。丈夫遭遇，以功名求富貴，全憑真實本事，又有何不對？

但在求功名的手段、目的上，就有很大的分別了。

——其中當然也有「權力幫」的羽翼，朱大天王的走狗，只要角逐得盟主寶座，無疑如同三分天下已取其二，再集中全力殲滅第三勢力，則名符其實地「君臨天下」了。

可是究竟誰是奸是忠？又有誰能斷定？誰看得出來？——這對蕭秋水來說，是必戰的一戰，但究竟爲他理想而戰，還是爲著他人期待寄望而戰？

這點連蕭秋水自己都有些迷糊了。

這點以梁斗等人的機智閱歷，是可以揣測得出來的，所以他們也很憂慮蕭秋水鎮日的怔忡不已。

在臨潼西南一帶有個「旌儒鄉」，梁斗等人到旌儒廟上香拜祭，回頭問諸人：

「可知道這兒的歷史故事？」

秦風八、陳見鬼、劉友等搖首說不知。鐵星月搔搔腦袋，自以爲是地嘀咕道：

「旋儒廟嘛……這個旋，就是生下來的生的意思，旁邊加個方，就是方才生下來。即是剛剛生下來的意思……至於儒嘛……」

梁斗臉容一斂，輕叱道：「不可胡說！」

鐵星月、邱南顧等雖天不怕、地不怕，但對梁斗一代大俠，心中是敬畏的，倒不敢胡言亂語，梁斗微笑注目向蕭秋水，蕭秋水說：

「弟只隱約記得《史記》上有云：『秦始皇三十五年，諸生四百六十餘人，皆坑之咸陽。』……尙請大哥賜正。」

梁斗笑道：「不錯，此正秦皇坑儒處。《漢書注》曾大致提過：新豐縣溫湯之處，號愍儒鄉，溫湯西南三裡有馬谷，谷之西岸有坑，古老相傳以爲秦坑儒處。我想便是在此地。」梁斗稍頓又道：

「秦皇雄霸天下，滅盡六國，確也做了不少統一攘夷的大事，但是暴政虐民，以爲焚書坑儒，斬盡殺絕，即可杜絕人口，固其萬世之祟，此舉謬矣。馬文淵有道：『當今之世，非獨君擇臣也，臣也擇君矣！』秦始皇便是自以爲天之驕子，愚民惑眾，真是人人得而誅之者，故有博浪沙之一椎……」

蕭秋水知梁斗即有所寓意，恭聆諭教，梁斗肅容道：「今之天下，二弟或無意獨攬，但卻應有丈夫之志，廓清中原！現下少林、武當，實力大受斲傷，武林十餘大門派，亦遭消滅，武林中不是沒有人，就是並未有能人將其結合在一起，以致彼此爭鬥，奚落歧視……今下權力幫、朱大天王橫行江湖，而且爪牙遍佈，萬一連最後之江湖正道的堡壘——神州結義——亦在他們掌握與控制之中，你不挺身而出，力挽狂瀾，還在猶疑，則不但拘禮矯情，也淪爲武林罪人。在亂世洪流之一見死不救的超拔之士，那又何忍？」

梁斗朗聲道：「真正亂世男兒，是在澄清江湖，攬轡中原後，再圖隱忍的！」

蕭秋水猛抬頭，見梁斗在香煙氤氳中如身長八尺，神逸無匹，脫口道：「是！」

梁斗卻見蕭秋水乍抬頭，雙目神光完足，精光暴射，心中一慄，馬上生起一個意念：

——這孩子，將來造就不得了！

心中愛惜，梁斗不由生起了一種大志的感動，彷彿爲了扶助蕭秋水起來，他可以不惜犧牲一切……

他年少時也有很多憧憬，很多幻想，很多爲抱負和崇拜犧牲一切的感受。然而今日已是中年，他爲自己居然還有這種真切深摯的心意而泫然。不覺眼角微濕——他設法掩飾，故意撥開廟裡圍繞的香煙，強笑了一笑，道：

「秋水，你資質很好，稟賦也高，聰穎過人——不要誤了這天意難逢！」

孟相逢也微微地笑漾於唇邊。他歷劫江湖數十年，看見大名鼎鼎的崢嶸人物——大俠梁斗——居然爲年紀輕輕的蕭秋水效命劬勞，並且感動得飲泣，他自己也不禁爲這種感動而感動起來：——畢竟是故人之子哎。

「秋水，梁大俠語重心長，要你力挽狂瀾……況且，爲父報仇，光大門戶，都落在你一人身上，你有這種正氣，若能收拾銳氣，收斂傲氣，當可在武林放一異彩。忝爲師叔的我亦願爲你效死力。」

孔別離笑了。笑得極有信心。十幾年來，東刀西劍，無不是在一起敵愾同仇，併肩作戰的。孟老哥都這樣說了，他這個做二弟的哪裡有異議？何況……他很喜歡這個年輕人：蕭秋水——成功得不讓人嫉妒。有些人微有些造就，即叫人看不順眼，孔別離是性情中人，所以才千里迢迢來替浣花劍派助拳。他對蕭秋水沒有這種感覺。

「你應當力戰。況今之天下大亂，金兵入侵，民不聊生，在這種情形下，先穩定武林，再率忠貞能戰之士，恢復中原，才是丈夫之志，男兒本色。做個英雄好漢，就要做得像岳爺爺一樣，把握時機，帶領一班結義同道和軍隊，屢次把金兵殲滅，重振漢威，光復中原！」

蕭秋水聽得雙眉一揚，好像旭日深埋在黛鬱青山的胴體間，忽然一躍，就跳上雲層來，發出燦人的霞彩。

金兵侵宋，慘無人道。建炎四年，岳飛移軍屯宜興，以二千兵將破金，獲其屯重而還。宜興民眾，繪製岳飛之畫相，晨夕瞻仰，皆云：「父母生我易也，公之保我難也！」同年於常州連勝金兵四陣，追殺至鎮江之東，並再與金兵遭遇於清水亭，殺得橫屍十五里，斬金兵千戶一百七十五級，與韓世忠大敗金兵於黃天蕩，其妻梁紅玉擊鼓助威，威震八方！

駕長車——踏破——賀蘭山——缺！

同年五月，岳飛於牛頭山壘兵再戰，恢復建康，斬獲禿髮及垂耳環者三千人，僵屍十餘里，收降卒二千人，萬戶、千戶二十餘人，戰馬三百匹，鎧仗旗鼓千萬計，民眾歡聲雷動，挾道相迎！同月部將叛變，暗殺不遂，並於同年十月，解圍承州，救援通、泰二州，斬傲將傅慶，並焚袍燒幣！同年十二月，岳移兵屯江陰，金兵望岳軍興歎，不敢渡江！

駕長車。踏破。賀蘭山。缺！

紹興元年春岳飛大敗李成於西山壞子莊。二年三月，岳飛三十歲，遷神武副軍都統制，屯兵洪州，兵隸李四節制，同年受詔命以本職權和漳州、兼權州、湖東路安撫都總管。同年四月，以八千人大破曹成十餘萬之眾，收服勇將楊再興。同年平馬友支黨於筠川，並年敗劉志餘黨於廣濟，又年亡將李宗亮於筠州。三年，擒賊首羅誠，並奏請朝廷不屠虔州百姓。同年七月，御賜「精忠岳飛」，岳堅拒高官厚祿，並擊毀李成十萬之眾，恢復襄陽。日後襄陽為北窺重地，全仗岳功。

駕長車，踏破，賀蘭山，缺！

紹興四年，岳飛以五萬軍隊，擊毀偽兵李成之三十萬大軍，並力辭朝廷所封之節度使。五年，平巨盜揚么，並以賊攻賊，擊破永安，平洞庭之後，岳雲居功甚勉，岳飛因其為己子，又不報其功。並帶疾措置軍馬還屯鄂州。並命楊再興斬偽宣贊，收復長水縣，中原為之震動。岳飛懷目疾，仍孤軍深入，抵河南蔡州，朝廷恐偽齊重兵來攻，詔命岳還。朝廷聽秦檜議和，岳飛只好自罷兵權，後於七年因詔命還襄陽，再上章請追討偽齊，可惜朝廷昧於和議，始終不允其請。

駕長車、踏破、賀蘭山、缺！

駕長車、踏破、賀蘭山缺!!

駕長車踏破賀蘭山缺!!!

想到了澄清中原，收復河山的岳武穆，力圖中興，上表：「金人重兵聚於東京，屢經敗衄，銳氣大喪，內外震駭。聞之諜者，金人欲盡棄其輜重，疾走渡河。況今豪傑風尙，士卒用命，天時人事，強弱已見。……」精忠無二的岳飛，蕭秋水是心嚮往之，而且無時不爲其可歌可泣的江山征戰、寸土恢復，而壯懷激烈，血脈賁張。

在蕭秋水如此思忖著激憤之際，卻在香煙裊裊的另一邊，如深雲蔽日般映得劉友的臉陰沈不定。她近日來經流言紛紛，以及華山險死還生的劫難，想法可不一樣。

——我有沒有必要，跟蕭大哥這樣一齊闖下去？

劉友心中一直反覆著這個問題。

眼看「戰友」們一個接踵一個地身亡，或者變節，甚至退隱，劉友心中，很不是滋味。

「兩廣十虎」中，羅海牛叛變，勞九枉死，殺仔爲自己人所弒，阿水戰死於華山，吳財也幾乎成了廢人……這在劉友的心中，產生了很大的陰影。

——這樣沒有依靠，究竟是在「闖蕩」，還是在「闖禍」？

——這樣闖，有沒有前途？

——我，有沒有必要，跟隨著「闖」下去？

她心裡這樣自忖著。什麼「義」呀、「忠呀」、「大志氣」呀，都好像砂帛磨在木塊上，她心靈稜角畢露的銘刻，早已磨得很鈍，磨鈍得很平很滑了。

而且還萌生了貳心。

她從前沒有想過的，而今她想了，她爲什麼要千里迢迢，來找蕭秋水，去充當「神州結義」之盟主？

——她因爲想到了這點，心裡怦怦地摀跳著……

「莫非……」她雖浪跡江湖，爲人瘋癲癲，但她畢竟是個女子呀。就算是「江湖女子」，也需要慰藉。蕭秋水那初露鋒芒的銳氣，正是她歷盡風霜所渴求的欽遲……

但這又有什麼用!?她因爲瞭解了自己這一點，更恨不得唾棄自己。蕭秋水心裡，就只有唐方。就算唐方不在，蕭秋水心裡還有那蒼山，自有妄行的白雲相伴。她算是什麼？——支持蕭秋水永遠去做她那一份永無人知的配合!?

她不知道一個人這樣想的時候，私心已掩蓋過一切壯志了。這之間沒有對錯，而人生也不必要只去做對的事。但是劉友的非份之想，使她在「兩廣十虎」的高情厚義中脫軌而去，好像隕星一般地掉下去、墜下去，再要掙扎上來時，已深不見底了……

她更不知道在廟裡盛繁的煙火中，一人臉色陰晴不定，但卻眼睛越亮的，帶著了然而又冷毒的眼神望著她，好像望著一隻野生的貓，終於到他家戶前來偷喫——而他致命的毒藥就置在食物裡。

所謂「理之所在，義不容辭」，或者「爲朋友赴湯蹈火，在所不辭」諸如此類的話，猶如風過秋葉，是很容易凋落的。掉落時只是驚心地殷紅一片，像血灑過一般壯烈，讓人想起存在過的一剎那罷了。但是真正危難來的時候，是不是就凜遵這理義的原則？說的時候輕易，但真正殺戮、酷刑臨身時，是不是還有一諾舉泰山的膽志？而且勢爲人忽略的是，在酒酣耳熱、血脈賁張時，拍案大呼，生死相共，血灑神州，只不過是以喉嚨裡振動空音所發出的聲音罷了，若不畏鬼神，則矢誓亦又如何？世人雖知刀劍加身時操守不易，卻不知在平時無可作爲時，更易令人他去、或生退志，然後又自圓其說，他亦是尋著真理，只要他不去自省昔日爲何要堅持和抉擇原來的初衷，而且更於自欺欺人爲大澈大悟時，他便如脫絲韁的馬車，馬自此放轡奔去，車則停於人多的大草原上，再竭驚鈍往另一無盡無涯的方向馳去。

——誰先到呢？

這答案又有誰知道？

——會不會在其他落日長圓的草原上，懷念當時怒馬悲歌的日子？

那就是一個饒有興味的問題了。

一個人原本是很堅持某事某物的，突然在別人都放棄的時候，他也會放棄——這時候，很多路向和很多誘惑，像童話裡的通往魔堡的所在一樣，佞然驟現在他眼前。

梁斗、孔別離、孟相逢等人都很了解蕭秋水除了極熱切的入世胸懷外，還有極強烈的出世志願。

——在這個時際，與其多一位出世的隱者，倒不如增一位入世的勇者。

他們就本著這種心意相勸。這對蕭秋水來說，影響是深遠的。

二 刀劍凶卦

翌日經始皇陵一帶，眾人雖行色匆匆，仍不勝唏噓。

始皇陵在臨潼之東，即葬始皇之處。始皇登位的時候，即穿治驪山，統併天下後，徵集民夫約八十萬人，穿三泉下銅而置棺槨，宮觀百官奇器珍怪，徙藏而滿，並命工匠作機弩矢，有所穿近者輒然射殺，並以水銀為百川江河大海，機相灌輸，上具天文，下具地理，以人、魚膏為燭，林火不滅者久之。這是秦始皇自己精心設計的「自掘墳墓」，於麗戎之山，斬山鑿石，週迴三十餘里。

孟相逢至此，不禁浩歎道：「……可惜這暴君苦心建造的『死所』，卻被那楚霸王入關，直闖入陵，以三十萬人運墓中之物，逾三十日不能窮盡。……可笑啊可笑。」

孔別離也歎道：「後來也不知怎地，機括失靈，關東盜賊銷槨取銅後，又遭牧人入內尋失羊時縱火焚之，火延九十日不能滅……始皇若有靈，也實屬可悲也。」

梁斗道：「還不止呢，黃巢又曾在此作過一次浩劫……只怕日後，這始皇帝苦心經建的墓陵，代代劫火，還有得不安寧呢。」

大家都默然。

歷史的遺跡，確令人浩歎。但今日天下大局，契丹寇邊，朝廷靡廢，亦令人哀落巒迴。江湖局勢，道消魔長，更令人扼腕深歎。

就在這時，夕陽殘照，孤塚荒陵，有一個奇異的、忿怒的聲音，叫了聲：

「蕭，秋，水！」

一個人若把對方的名字，如此分開來，一個字一個字地，自牙縫裡嘶聲之叫喚，如果不是極親暱得跟對方開玩笑，就是仇恨已極恨不得將之挫骨揚灰的忿喚。

蕭秋水應了一聲，其他人遂而站住。不知怎地，這些身經百戰的武林高手，膚髮間同時炸起一陣顫慄。好像一柄殺過一萬一千一百個人的寒劍劍尖正指著你的咽喉時皮膚所冒起來的雞皮疙瘩一般自然。就在這時，一道人影閃出。

快不能形容這一劍。

這一劍快而厲。

但厲也不能形容這一劍。

快仍不夠輕靈。厲不夠肅殺。

殘霞滿天，飛燕投林。

——這劍如同輕燕！

這劍本已無暇玷，但在這一剎那，受狙襲的蕭秋水，突然看出它的暇疵來。他的少林「參合指」就輕輕一鑿，「啪」地敲在如雪的劍背上，那劍就靜了，殘霞亂舞，飛燕掠林，也只被剪輯成一幅不動的畫圖。一切都靜了下來。

那人落下，雖仍身輕如燕，但已因憤怒與驚懼，使得他手臂僵硬，收不回去。

他怒叱：

「你……怎麼看出我劍的破綻!?」

同時間，飽歷江湖的梁斗、孔別離、孟相逢同時呼叫失聲。

「於山人！」

於山人——名劍客，目空一切，不願與「武林七大名劍」共儕的天山派老掌門人。

——也就是「柳葉劍」婁小葉的師父。

這一恍惚間，大家都對這老劍客狙擊的事瞭然於胸。

——敢情是爲了愛徒妻小葉的死……

天山劍派於山人素有俠名，今日竟對一個後生小輩施暗襲，可能是因爲明知以個人之力，無法在梁斗、孟相逢、孔別離、林公子，鄧玉平、唐肥諸高手維護下搏殺蕭秋水，只得出此下策，以期一擊得手，及時身退，詎料……

——可是蕭秋水怎識得破我這一劍!?

這是於山人此時老邁豪壯的心中最忿然的一件事！

蕭秋水依然以雙指揑住劍身，猶如以雙筷夾住一棵蔥一樣輕便！

「這，這是寶劍『如雪』？」

於山人用鼻子冷冷地「哼」了一聲。

蕭秋水笑了。笑意十分真誠。

「好劍！」

於山人又用鼻子哼了一下，這是重重的一下，——我的劍當然是好劍，這還用的著你說！可是他無論怎麼發力，手中劍還是不能從蕭秋水指間抽回來。爲了不使他自己在眾人面前繼續出醜，蕭秋水又似無惡意，於山人就暫時僵持在那裡。

蕭秋水又饒有興味的問：

「剛才前輩所施的劍法，可是『落燕斬』？」

於山人沒好氣地瞪了他年輕的臉孔一眼：——算你小子好眼光！

「嗯。」

蕭秋水又笑了。笑容更愉快。

「好劍法！」

於山人再也彆不住了，大聲吼道：

「要真是好劍法，那又爲何一出手就給你抓住了破綻!?——你是怎麼看出我劍招中破綻的!?」

這句話其實在場中，人人都想問。現在殘陽已滅，但適才殘霞亂飛中的那一斬，如果是斬向自己……自己是不是也抵擋得住呢？

這真是疑問。蕭秋水卻真摯地道：

「你的劍沒有破綻。」

——雖然是對敵，但連於山人也從蕭秋水誠意的眼中，看出對方並不是諷嘲，更不是憐憫的安慰。他忍不住問：

「那你因何一出手就制住了劍招？」

蕭秋水輕輕地放開了手指，敬虔地道：

「落燕斬」沒有破綻，那是天下絕好的劍招！破綻在人，不是在劍招……」

於山人一聽，悖然大怒，「你……你……」

蕭秋水卻只淡淡地接說下去：

「於老前輩本就不該暗算我的。『落燕斬』本就是捨身斬敵的剛勁殺著，於老前輩本身光明正大，才能使得出如此剛烈殺法。」蕭秋水笑了一笑又道：

「……前輩爲人，與暗襲很不相襯，所以出劍時氣反而餒了，沒有飛燕之清逸，反如鴉雀之噪動，所以給我雙指夾住……」

於山人聽得心如耽酣暢，但又如暮鼓晨鐘，冷汗涔涔滲下，忍不住問道：

「若……若我剛才之一擊，並無氣勢上之弱點呢？」

蕭秋水即道：「則無破綻。」

於山人沈吟又忽開豁：「如要無破綻，則要從正面搏殺，是否？」

蕭秋水即答：「是。」

於山人想了一會，忽然向天長笑三聲，大聲道：

「我若正面攻你，則又如何勝你？若從旁偷襲，則先勢頓弱。……原來天下無十全十美的劍法，縱有，也非我所能創。……罷了，罷了，罷了……」

說「罷了」時，即返身行去，連劍也不要，隨手塞到蕭秋水手中，揚長而去，也不理眾人叫喚。這一生痴於劍的老人，竟在這一擊的敗著中，悟了劍意，從此棄劍不用，退隱田園，寄情山水去了。

以蕭秋水的年齡德望，居然在一招之間，三言兩語之後，點化了一位成名的老劍客，使其頓悟而去，是件不可思議的事。

所以一直走到了「鴻門堡」，大家還有著這心情上的愉悅。

「鴻門」是秦末名地，劉邦與項羽起兵時相約，先入關者爲王：而劉邦爲先入關者，屯軍壩上；項羽即在鴻門范父增計，邀約劉邦赴會，並擬於席間誅殺劉邦。世稱「鴻門宴」。幸張良妙計，並得項莊掩護，宴中並引樊噲從間道還，劉邦方能逃得一死。有漢天下，這是重要的一個契機，否則，歷史則要從此地改寫矣！

一行十三人，接近鴻門。

這時月影昏暗沈闃，氛圍很是悶寂，梁斗忽道：

「孔、孟兩位仁兄，對占卜很有研究，可否爲今夜卜一卦？」眾人都十分好奇，稱好不已。

孟相逢笑道：「我倆自幼闖蕩江湖，心意相通，武林風波險惡，所以學會卜卦，自占一番，只是閑時無聊！騙人玩意而已……」說著便待推辭，但拗不過眾人殷切堅持，孔別離笑道：

「好罷。既今晚各位如此興頭，咱兄弟亦不忍掃諸位雅興……我們就來卜一個『刀劍之卦』罷。」

梁斗撫掌笑道：「孔、孟著名的『刀劍之卦』，世所著名，今於鴻門，乃得一見，實是平生一願也……」

鄧玉平也動容道：「『刀劍卦』是失傳已久的占筮之術，必須要兩個心意相通，並精諳相術的高人異士，才能進行……今能得目睹，確爲一大快事。」

孔別離笑著補充道：「不止是相術，而是相刀劍之術。」

孟相逢也笑道：「相人易，相物難也，並於相物以知人所凶吉，更爲難上難……」

林公子接道：「那請兩位爲這難上難卜一卦罷……」

而鐵星月和邱南顧，早已等得迫不及待，緊張萬分地喃喃自語：

「別吵，別吵，就要占卜了。」

「有誰吵了?是你自己少開尊口!」

「我又不是酒樽，爲什麼叫我『樽口』?」

「別吵!別吵!」

如此逕自聒噪著，直被蕭秋水瞪了一眼，兩人素來對「大哥」又敬又畏，便不敢多作聒噪了。

只見月色下，孟相逢、孔別離斂容整色，調理衣襟，肅然盤足坐下，閉目冥思，又一會，不約而同，解下刀劍，置於膝前。

這時刀劍雖都未出鞘，但凌厲的殺氣已超越鞘套，侵入了天地月色之中。孟相逢、孔別離臉上眉肌抽搐著，也似為這超乎尋常的煞氣而不安著。孟相逢、孔別離乍翻眼，目光暴長，兩人閃電般，一抄兵器，拔出刀劍！

這刹那間刀劍交擊，光搖芒射。刀劍交擊之星花，刀劍相映之彩燦，刀劍反照月華之光芒，甚至刀劍拔出之嘯吟，刀劍破空之勁風，刀劍互撞之清音，在這瞬間，孟相逢全神去看，孔別離凝神去聆。

眾人緊張得手心都冒出了冷汗，張大了瞳孔，凝視此變，連大氣也不敢稍喘一下。

待燦亮的火花熄滅，龍吟般的兵刃之聲隱沓後……大地又回復了寧謐，刀劍各已還鞘，孔別離、孟相逢靜靜地，靜靜靜靜地沐在月華之中。

孟相逢又閉上了眼睛，但聲音卻仍逗留在適才刹那間時空裡，遙遠而疲憊。

「刹那間的星花……如同劍客決鬥於生死之一瞥……那星火自極紅轉藍，再歸紫色淡化……今夜將見血光！」

孔別離傾聽著，然後很仔細、很仔細地補充道：

「不止如此。這刀劍出鞘前聲帶嘶啞……眼下必有殺伐。」

孟相逢沈湎於彷彿另一深邃空漠的幽冥之中，聲音悠悠傳來：

「刀劍出鞘之時，映照月華，但光後透射時，恰有一線烏雲掩過，是寶刀不甘蒙垢卦。」

孔別離半開他那無神、心意俱不在的眼睛，緩緩接道：

「刀劍交擊時，成殺伐聲，今夜將有人頭落地，忌火、畏毒，係凶卦。」

「刀劍互相映照時，俱發出血光，但精光明利，血災過後，依然坦蕩……」

「刀劍破空時所劃出之尖嘯，有危機四伏，四面楚歌的意向……而此處正是鴻門！恐怕，恐怕敵人已經來了。」

「不錯。我們已經來了。」

這聲音響起自附近的四方竹林中。

就在這時，烏雲蓋月，漆黑不見五指。

也在同時，無數如密雨般的風聲，打在剛才眾人聚卜之處。

古人有所謂「劍相」、「刀相」，來鑑別決戰的勝負，判斷兵刃的好壞，揣測前程之凶吉。

「恨不相逢．別離良劍」孟相逢和「天涯分手．相見寶刀」孔別離，今日在此地占筮，卦方成形，血光大現，而殺伐也立時兌現。

——狙殺的人是誰？

——那暴雨般的一蓬毒釘，他們是否避得開去？

三　鴻門

烏雲蓋月，一下子猝然地全黯了下來。

暗器在黑暗中，「嗤嗤」有聲，至少響了足足半頃刻，才驟然齊止。

暗器都打在地上，還是人的身上？

誰也不知道。

這時大地昏沈沈的，連一絲聲響也沒有。

靜寂繼續。

人都不知道到哪兒去了——死了？還是逃了？

闃寂反而變成了令人最是不安的聲音。

這死寂維持著，一直到那烏雲過去、月華又重新灑放於大地上。

那時才看到大地、花樹叢中，那特殊的景物。

宴會。

花前月下，有很多人在宴筵前喝酒。

只不過是默然的喝酒、吃肉。一點聲息也沒有。

因為一點聲響都沒有，所以在月夜下如此乍看，分外覺得一種非人世界的可怖。

這些人都臉色森冷，在正几上，有二個臉向南面的人，左右俱有相對向的一席，各據兩人。

中央三人，正中間位置者，冠帽黃袍，寶相莊嚴，猶如天子一樣的氣派；旁邊二人，右首年少冠玉，神采卓然，儼然太子；左首一人，是個女人，有說不出的雍華迫人，宛若皇后。

至於左右側几前的人，一如公卿，一如大臣，另一邊則一如將軍，一如武官，七人都有一共同點，雖然氣派顯達，盛筵錦衣，但在如此荒涼的月色下，有一種奇異的陰翳，使人不寒而慄。

這些人臉色蒼白得可怕，似遭吸血鬼將其血液吮光一般，現身的只不過行屍走肉而已。

中央那人，揚起寬袖，舉起玉龍杯，向十丈之遙的一排杉木林遙遙一敬，用一種比平常人說話慢了十倍，而且緩慢拖曳的聲調道：

「黃……泉……路……遠……我……敬……諸……位……」

這沙嘎沈澀的聲音，在月色下聽來，令人全身發軟。

他們是誰？怎麼在這種地方，這種情形下擺設下了盛筵？

暗器猝襲的同時，蕭秋水等一十二人，已閃身上了那排高大而枝葉茂密的杉樹裡去。

月亮再度露臉時，他們也立時看到了離奇的場面，這場令人驚心動魄的盛宴。

「鴻門宴！」

鄧玉平失聲道。

「他們是誰？」鐵星月睜大了眼睛。

「他們就是鴻門宴的主人。」梁斗沈聲道。

「什麼!?」鐵星月幾乎跳了起來，「你是說劉邦、項羽、范增、樊噲、張良、項莊、項伯的『鴻門宴』!?」

梁斗緩緩地點頭，神色裡竟有著未見之凝重。

「不可能！」這次到邱南顧不服氣：

「楚霸王等俱是死人，死人怎能開『鴻門宴』!?」

梁斗的聲音依然非常沈重，「死人倒好，問題他們不是死人。」

孟相逢也接道：「不但不是，而且還是極厲害活著的人。」

孔別離解釋道：「他們是南宮世家的人，這『鴻門宴』便是『南宮世家』的鴻門宴。」

孟相逢道：「他們企圖模仿『鴻門宴』的遺風，武林中人只要被這一個『鴻門宴』相邀請，就等於閻王下了勅令，非死不可……」

孔別離道：「而今晚南宮世家這『鴻門宴』所出動的是最精銳的南宮七傑！」

孟相逢道：「南宮世家的首腦人物，有『七傑一秀』，一秀是南宮無傷，『七傑』是模擬古之『鴻門宴』中的人物：南宮楚，南宮漢、南宮增、南宮良、南宮莊、南宮伯、南宮噲等七大高手。」

孔別離道：「別看這七人裝模作樣，其實是一流高手的高手。南宮世家雖已沒落，但有七人在的一天，南宮世家依然不可輕視……而且他們還有一個天才，那就是南宮無傷，此人很可能是洗脫南宮世家近百年來之積弱的唯一好手，年紀雖輕，但武功十分高強……」

邱南顧望望下面逕自在一種極詭異妖氛下喝酒食饌的人物，不禁產生了一種暈眩、嘔吐的感覺。

「我們不參加他們的鬼宴會，走掉不就行了嗎？」

「走不掉的；」梁斗沈聲道，這素來淡逸的人間高手，今番也深思不已：「南宮世家的人非同小可，他們雖然不敢冒然攻入杉樹林來……但他們所現身的位置，也塞死了我們的退路：現在我們只有應約，而沒有退路。」

孔別離插口道：「楚漢相爭時，鴻門宴上，項羽乃用張良之計，借酒遁走，南宮的鴻門宴怎肯重蹈覆轍……他們敢站在明處，乃因他們有恃無恐……」

蕭秋水忽道：「他們挾持我們做什麼？我們又沒犯著南宮世家的人！」

孟相逢冷笑一下道：「人在江湖，你雖沒開罪人，可是他們也不允許你並存……南宮世家早在上官望族之前，已投靠權力幫，據悉今番如你不角逐，應以皇甫高橋聲望最隆，但以南宮無傷的實力最強，……蕭老弟你的呼聲又最高，他們不先行將你截殺於此，難道還等你施施然到襄陽城去打擂台？」

蕭秋水苦笑道：「爲了在下的非分之念，居然出動到整個家族來截殺，未免太看得起了……只是……只是……只是連累了幾位叔叔、兄弟……」

林公子忽然截道：「大哥這樣說，把我當作了什麼人!?」

「對！」陳見鬼也佯怒道：「這樣做弟兄，也沒意思嘛。」

「我們支持你角逐這盟主之位，他們使這種卑污手段，即是和我們作對；」秦風八啐道：

「這根本是我們大家的事！哪裡算得上是連累!?」

「是。」蕭秋水眼睛發著光，心裡發著熱，臉容肅然道：

「我說錯了話。諸位不要見怪。」

幾人在樹叢中說話聲音奇小，但在遙遙樹下宴席中的人，卻似一一都聽見似的，嘴角泛起了一種難以形容的殘酷笑容，那「皇后」打扮般的女人用男人一般的詭異語音道：

「你們談完了沒有？」

「談完了！」鐵星月爲了壯膽，特別應得大聲。

「談完了——就該出來受死了。」

「老子高興出來就出來，不高興出來就不出來。」鐵星月的脾氣，是世所共知的，正如他高興什麼時候放屁一樣，捏拿不準的。

「那你現在高不高興？」那人居然還是很好脾氣，卻男不似男、女不似女，令人骨軟的聲音問。

「高興。」鐵星月索性在樹上躺了下來。

「高興你怎麼還不下來？」那「皇后」還問得下去。

「我高興但是就不下來。」鐵星月跟人嗑牙，總有一套「理論」。

「很好。」那女人咧出一排黃牙，陰森森、陰惻惻地笑道：

「我給樣死的東西你看，再給件活的東西你觀賞，看你下不下來！」

說著，一物「呼」地扔過來。

鐵星月見來物洶洶，忙翻身坐起。

他正要伸手來接，鄧玉平急叱：

「不可！」

——來物可能是淬毒暗器或炸藥，如用手接，豈不——

鄧玉平意念迭出，劍光已起。

南海劍派的快劍本就獨一無二的。

「哧」地一聲，劍已刺中那物。

那物串於劍上——迎著月色一照，鄧玉平探頭一看，不禁全身發毛！

人頭！

這人頭披頭散髮，死狀極慘。

諸俠一看，毛骨悚然，蕭秋水失聲而呼：

「曲抿描！」

這人頭生生被人剁下來，而且居然是曲抿描的頭顱。

蕭秋水目眦欲裂，正在這時，那「皇后」一反手，倒提出一人，就像拎抓著一隻小雞那般輕易。

月色一照下，那人容貌憔悴，滿身瘀傷，蕭秋水一看，便欲衝出，梁斗一手扳住，仍禁不住輕呼了一聲：

「曲暮霜！」

曲抿描和曲暮霜一個善使金劍，一個擅用紫劍，俱是一代劍宗曲劍池之愛女，曾隨同蕭秋水、齊公子、古深禪師、梁斗等赴浣花劍廬救援。

而今她們居然一個被殺，一個被擒。

——這是怎麼回事!?

那「皇后」見蕭秋水並沒有衝過來，略有點意外，冷酷地笑道：「我就是南宮漢，你最好記住這名字。」她陰冷地笑笑又說：

「待會兒吃了這一宴，到閻王殿上去，也好報我的賬。」她隨手一握，曲暮霜即給她一手推了過來，她一面嘿嘿笑道：

「你們一定奇怪她們怎會落到我們手上是不是?也罷……你們就敘敘舊，自己說去！」

曲暮霜瞳孔張大，那本來羞赧的神情，早已驚駭得不成人形，眾人好不容易才定過她的神來，她嘩的一聲哭了出來。

「這是怎麼一回事？」蕭秋水問。

「我們……」曲暮霜抽搐著，艱辛地道：「……與蕭大哥分別後，就回到家裡，後來聽說洞庭湖一帶之武林大會，以爲蕭大哥會去，便想湊湊熱鬧，爹也答應，詎知……」又一陣聲喧，幾乎暈了過去，蕭秋水知其受驚嚇過度，忙運內力於掌，暖流源源輸入曲暮霜體內。

曲暮霜打了一個寒噤，又甦醒過來，斷斷繼繼地道：「……爹也去，他是跟慕容英雄一齊過去的……我和描妹，則是跟大洪山荊秋風前往……」

蕭秋水等心中都瞭然，慕容英雄是「慕容世家」中的第五號人物，昔日康出漁等暗殺慕容英，便曾提到這名字。慕容世家名列「四大世家」、「三大奇門」中聯蟬，並是首席，實力當然非同小可。

至於大洪山的荊秋風，是著名粗豪、剽悍的青年高手，他的獨一無二的兵器是一百二十七斤重，佈滿尖稜的六角巨棒……

四 劍門截殺

曲暮霜、曲抿描、荊秋風三人一路上漫行到虞山一帶。虞山地處水鄉，周圍多湖泊，微雨時澹煙疏雨，衣袂生寒，拂水晴岩。

東側有劍門奇石，相傳為吳王闔閭試劍處，故名劍門，斷崖峭壁，筆立數仞，崖隙仰視，氣象森然。登此俯覽，平野千里，湖平如鏡，無邊風月。

曲抿描與曲暮霜本都是胸無大志的，只知道要趕去洞庭湖看熱鬧，便拖著手說好要跟去，也沒別的意思，暗裡也有襄助蕭秋水逐得「盟主」的心意。

荊秋風可不是這種想法。他在兩湖一帶，甚是有名，大洪山氣壯勢宏，他的棒法，乃仿山勢天湧之意，自信難有人能擊敗他，自度在氣勢上可與天齊，無人可以相比擬，對蕭秋水，既未見過，更未交臂，聞二女如此敬佩，心中大是不服。

其實他赴麥城，為的是一顯身手，順便藉此追求這一對姐妹花，以功名來博取歡心——至少他初步的構想確是這樣。

這日來到劍門，雨細日黯，淋在身上，本來舒服，但一路淋著來，少說也全身濕透了，荊秋風很不是味道。他帶領曲家姊妹，找到了一處台岩，充作躲雨的地方。那兒也走來了幾人，似也在避雨。荊秋風嘀咕道：

「怎麼天不作美，老是下雨，真是討厭！」

曲抿描故意地道：「啊，這雨不是很詩意的嗎……」

曲暮霜也不悅道：「你怎可以咒天的呢！」

荊秋風本就不是有風度的人，給這對姊妹花這般一氣，回頂一句道：

「妳們不敢罵天，我可有膽！」

曲暮霜撅撅嘴道：「人家蕭大哥才不會這樣！」

「嘿！『蕭大哥』！」荊秋風一路上已聽了不少曲家姊妹尊敬蕭秋水的話，這回子給雨水一淋，火可是冒上來了：

「他是什麼東西!?你們一天到晚提他，也不提提我！他頭上長了一朵花啦!?還是三頭六臂、十二隻手指兩隻牙齒？天下沒第二個麼!?」

曲暮霜一哂道：「你怎能跟他相媲？」

荊秋風怒不可遏：「爲什麼不能！」

曲暮霜不去理睬他，逕自道：「蕭大哥若聽得有人比他強，眼睛會發出神采，而且恨不得立即去拜會對方，才不會像你這樣，動輒發火，……這就是胸襟之不同了。」

荊秋風聽得瞪圓了大眼，期期艾艾地道：「說不定……說不定蕭秋水只是裝模作樣，也許他聽到別人比他高明的時候，他心中正想著去比鬥，但又為了表示風度，不得已只好裝作欣賞……這也不一定呢！」

曲暮霜也瞪大了圓眼：「哈！哈！居然有這種想法……」笑著心中也不免有點懷疑起來了：真難說蕭大哥是不是真的如此大度呢？……

荊秋風雖然鹵直、凜威，但卻不是奸險小人，聽曲家姊妹如此說來，對蕭秋水心中也暗暗有些仰慕，心忖：待在當陽見著了他，要真是條好漢，我荊秋風就服了他，如果不是，嘿嘿，我的六角巨棒就要敲碎他騙人的把戲……

倏然「嘯」地一聲，一道閃電，曲暮霜猛地尖叫一聲。

他們一直沒有注意在岩洞邊一齊躲雨的人。

正好一個閃電，照亮了岩穴，也照亮了岩穴裡的人。

不知何時，那些人竟靜寂地喝酒：三人在正席，左右各兩人在偏席，無聲地喝酒、吃肉。

這些人臉色蒼白死灰，如地獄裡浮上來的幽靈。

曲暮霜素來膽小，發出一聲尖叫。曲抿描也臉色發白。荆秋風天不怕、地不怕，發出旱雷般的一聲大喝道：

「呔！是誰躲在那兒裝神扮鬼!?」

曲抿描在江湖上行走反倒比較留心，陡想起武林中最可怖的「鴻門宴」，不禁顫聲問：

「……是不是……南宮世家……？」

只見中央的那「皇帝」打扮的人，咧著森寒的白齒，用病纏於榻三十年般的懶懨懨聲音道：

「……小……娃……子……要赴……神州……結義……大會……是……不……是……」

荆秋風沒好氣怒叱道：「關你什麼事!?」

那「皇帝」毫不動怒：「你……們……是……不……是……支……持……蕭秋水……？」

荆秋風本未決意，但對眼前幾個人著實嫌惡，所以故意道：「我當然支持蕭秋水！難道還會支持你們南宮世家那個怪物不成！」

那「皇帝」陰笑了一聲，又「咔」地停住，似被濃痰塞住咽喉，然後又「咔」地一笑：

「很……好……你……可以……死了……」

「什麼!?」荊秋風幾乎不相信他自己的耳朵。那陰陽怪氣的人居然判了自己的生死!?

荊秋風正想揶嘲過去，但在右席的一名武將猛然站起！

荊秋風雖然高大，全身肌肉猶如櫸樹根瘤，目如赤火，聲若焦雷，但那人一站起來，也不知怎的，殺氣就不知比他大了多少倍！

那人一反手，抄起青龍大刀，在他抄起的時候，刀風已是「虎」地一聲。當他掄起的時候，刀風又是「虎」地一聲。等到刀風劈落的時候，又再「虎」地一聲。

荊秋風不覺已退了三步。他的六角巨棒，因感受到奇鉅的壓力，竟然舉不起來。

他只有身退，避過對方一擊後，再圖反擊。

但是對方刀光一掄，一聲怪呼，血光迭現。

曲抿描人頭落地。

那武將一收刀，欠身，道：

「我是南宮噲。」

說完便立即退了回去，穩坐回席上。

可是曲抿描已身首異處。

尖叫的是曲暮霜，她哀呼著過去摟住她妹妹無頭的屍身——曲抿描甚至來不及發出任何尖呼。

荊秋風金猿般的火目，更加血般燒紅了。

他對曲家姊妹本就很好——好到不能抉擇究竟喜歡的是誰、愛的又是誰——對方叫「南宮噲」的一出手就殺了他不知是最喜歡還是最愛的人，叫他如何不憤怒若狂。

他大喝，元氣充沛了他全身。他爲人耿直，素來都很檢點。元氣蓄藏：從無發洩的那種精銳勁勢。

他六角巨棒舉起，發出震天價響。

他矢志要把南宮噲搗成肉泥。

就在這時，文臣席上，一文官打扮的人忽然站起來，低低說了一聲：

「我是南官良。」

然後他就衝了過來。

荊秋風自恃臂力過人，殺氣衝天，壓根兒沒把這女相的男子放在眼裡。

他瞥見對方衝過來的身法，極快、但不穩，他冷笑，這種身法，他還應付得來。

就在這時，遽爾變了。

那「南宮良」的身法，猝然加疾五倍！

這身法本來就快，再陡然加迅五倍，簡直已快到無可思議！

這身法他應付不來！

荊秋風轉頭，擰身，一棒橫掃了過去。

南宮良疾衝的身形，就似沒有骨似的，在疾衝中忽然一縮：巨棒就在他腦背夾帶著呼嘯劃了過去，而他卻衝入了荊秋風巨棒範圍之內。

荊秋風急收巨棒，但南宮良已拔刀。

牛耳尖刀。

就在這時，荊秋風猝然倒退。

南宮良一刀扎了個空！

荊秋風已急退到南宮噲身前，一迴身，一棒當頭擊下！

這下驟變，誰也意想不到，荊秋風畢竟是青年一代少有的好手，所以有豪氣角逐「神州結義」盟主寶座，絕不是曲家姊妹的武功可以比擬。

他在這種情形下，居然還不求自保而要報仇，確實令「鴻門宴」中諸人皆為一驚。

他一棒擊下，南宮噲意料不到，但在他身邊的南宮莊卻一抬手，一柄雁翎刀「叮」地一聲，架住荊秋風一棒。要知荊秋風的六角巨棒奇重無比，加上天生神力，並藉力一掄，所帶起之迴力已逾十倍，南宮莊輕輕一刀，竟然封架得住，實在令荊秋風意想不到。

南宮良一擊不中，也不追趕，亦向後疾退！

他背後就是悲慟中的曲暮霜。

他退得居然比進時還迅速！

荊秋風心中一涼，也不管座上南宮莊、南宮噲二人，大吼一聲，向南宮良飛攫過去。

就在他長空而起的同時，電光般的閃，一支「海夜叉」，已刺進了他的腹腔去。

南宮伯使的是鋼叉。是他的鋼叉，先鑞入荊秋風的小腹中。

在文官席上的「南宮伯」出了手。

同時間，南宮良已打掉了曲暮霜手裡紫劍。

荊秋風發出一聲長天狂吼，一手抓住鋼叉，瞪著杯大的眼珠，瞪視南宮伯。

南宮伯也不禁退了一步。就在這時，南宮莊的雁翎刀已一刀劈在荊秋風的背上。

荆秋風狂嚎返身，南宮噲「霍」地一刀，一顆頭顱又飛得半天高，血雨灑落，好一會兒才「骨碌」掉落地上來。

真是一刀兩段。

曲暮霜眼見此悲慘情景，再也無法戰鬥，只覺天旋地轉，而自己只欲不惜一切擺脫這恐怖世界，便終於暈倒了過去，不省人事了。

「……以後我便輾轉送到這兒來。他們問我：『蕭秋水會不會參加「神州結義」大會？』我說：『蕭大哥本就是「神州結義」的創辦人。他們又問，『妳知不知道又有誰人赴「神州結義」助他的拳？』我答：『爹估計兩廣十虎等會千里迢迢把蕭大哥找到的。』他們聽了靜了一會，再問：『妳爹也去了。是不是？』我只好照實說了：『爹跟慕容英雄打水路去洞庭湖。』他們聽了，頗有怒氣，說：『凡是支持蕭秋水，就是跟無傷作對。無傷的武林盟主是做定了，你爹不識抬舉，妳等著瞧。』說著第二天起七人中便不見了五人，另外兩個，押著我，讓我受種種折磨，在這裡耽擱著，說你們一定會在這條路上出現……我等到今天，才見到你，實在好怕……』

梁斗變色道：「妳把令尊的行程，也告訴他們了？」

曲暮霜含悲點首。

梁斗跺足道：「唉呀，這可糟了——」

這時只聽樹下宴筵中，那「太子」打扮的人嘿嘿笑著說：「我是南宮增。我們留那娃兒給你們，便是告訴你們這些……至於曲劍池、慕容英雄嘛……」只見他忽然揚手一掟，兩件黑突突的物事又飛了過來！

孟相逢、孔別離相顧一眼，月夜下猶如電光石火，刀劍一閃，刀劍交叉，已平平托住那兩件物事，原來又是兩顆人頭！

曲暮霜本已嚇得魂飛魄散，一瞥之下，更是魂飛九天，哀呼一聲，又暈厥了過去。

曲劍池原本是擬從湖南之湘水上溯，至洞庭湖後，再沿漢水赴麥城。

曲劍池係老劍客，自從他失掉了六隻手指後，他對世間英名的角逐之心，早已消淡得比湘江水還要清澈了。

他本與辛虎丘齊名，而辛虎丘卻落得那般下場……這次他赴「神州結義」，倒不只是爲支持故人（蕭西樓——與曲劍池並列當世『七大名劍』之一）之子奪得寶座，而是爲了慕容世家的事。

慕容世家是武林第一世家，因列「四大世家」之首，同時也是「三大奇門」之冠（那時上官族與費家尚未發生華山一役，互拚殆亡）；五百年來，慕容世家人才輩出，領袖武林，睥睨群倫，聲名不墜。

但在權力幫崛起以來，屢行暗殺，狙襲慕容世家的子弟，這幾個月來，慕容世家死傷逾百。

權力幫或許並不急著要對付慕容世家——至少天下未定，首號敵人朱大天王未除，權力幫確是沒有與慕容世家公開爲敵的必要。

不過在權力幫而言，卻是慕容世家先發動攻擊：在烏江一役中，「鐵騎神魔」閻鬼鬼之所以無法搏殺浣花劍派的蕭秋水等人，致留禍患，便是因慕容世家的人從中作梗。

可惜權力幫不知道，慕容世家雖早不齒權力幫所爲，但確曾約制下屬，不可先對權力幫發動攻擊：——其實在貴州烏江一戰中，慕容世家的人根本就沒有與役，只是邱南顧在胡說八道罷了，讓「鐵騎六判官」誤以爲是慕容世家的人，提早掀起了這一場一大世家與一大幫派的鬥爭。

戰爭甫發動之初，朱大天王便設法與慕容世家總管：亦即是慕容世家第四號人物——慕容恭——接觸，希望能聯合兩家之力，再加上費家的外圍實力，一舉殲滅權力幫。

慕容恭是當時慕容世家安排與江湖武林接觸的總負責人，他當然知道大勢使然，與朱大天王合作是明智之舉，因爲權力幫早已收買了南宮、上官兩家。

慕容世家顯然已被孤立。

但是當他稟報慕容世情時，慕容世情一口回絕。

慕容恭只是聯絡人，慕容世情才是真正的慕容世家領袖，所以決策方面，慕容世情說不可以，便是不可以。

慕容世情傲絕天下，年少時名動八表，當世之間，除燕狂徒之外，無人聲名能在其上，可說威震武林，而且文采風流，也有不少奇行艷史。

他雖老了，但他的一子一女，女兒慕容若容與慕容小意，都是盡得真傳，是武林中出名的美人，也是翰林中有名的才子；他決不肯因與權力幫的敵對，而心甘情願的與他認爲下流卑鄙的朱大天王同流合污。

這決定使朱大天王退而結網，等收漁人之利，趁著權力幫與慕容世家拚殺之餘，常遣伏兵，暗殺了不少朱大天王心目中的「棘手人物」。

這次慕容家年輕一代外系重要高手慕容英（詳見神州奇俠第三部「江山如畫」中）慘死於川中，而曲劍池畢竟是川中一帶的武林名宿，眼見慕容英屍首死狀奇慘，臉容充滿了驚疑和不信，想必是爲熟人所謀害（其實乃爲康出漁所殺），慕容英雄便想打探出究竟，找出真凶，所以他找上曲劍池幫忙。

慕容家與曲劍池有深厚的淵源：曲劍池早年曾在朱大天王手下重創，左手五指全折，就在那一役中，但所以能夠不死，全因慕容世情出手相救。

慕容世情與朱大天王亦在那一場拚搏中結下深讎。

所以慕容家有事相托，曲劍池是赴湯蹈火，在所不辭的。

在慕容英斃亡的現場中，慕容英雄發現了蕭秋水身上的東西：就是他的一枚楊際光所刻的圖章，變作碎裂小塊，散落地上（蕭秋水於該役曾著了鐵判官一鏈，打得腿瘀衣裂，圖章便是在那時掉失）。

慕容英雄也是經過仔細查證、拼湊，才勉強看出這圖章上刻的是蕭秋水的名字。

——浣花劍派的蕭秋水怎會跟這樁事情有關？

於是他即去拜謁曲劍池，詰問此事：他素知曲劍池與蕭西樓相熟，而浣花劍派剛與權力幫大戰過，現下生死不知，但門戶已毀。

而且他也肯定在場的死屍，多被極強大的內勁震死，顯然並非慕容英所爲。慕容英沒有那麼大的本事。

慕容英是他堂弟。他出自正宗嫡系，所以名字能有兩個字。在他之上的慕容恭，卻是旁系中最出類拔萃的一人，不過是在慕容家也整整傳了五代，捱了四五十多年才獲取的榮譽。

能在慕容世家排名五位之內，畢竟非同小可。聲名都得靠實力去換取的。

完稿於一九八〇年三月廿六日
第六屆少年遊宜蘭行返復一天
重校於九三年七月廿一日
收到大馬報刊連載「說英雄・誰是英雄」新篇及訪問／山西西北大學出版社出書／給F，L・H及契仔氣得傷心落淚／極念W／請宴於麗東酒店
修訂於一九九七年十二月十八至廿九日
為台傳稿及各路知友訪問事，急調梁何處理奔波／P無一有，死晒去邊？CH最零落期／余有情義，一口答允元旦之約／決定多留一天在濠江／約康渡節／電愉新聯繫法／旋傳真恭賀

／寂然來函說原委／願來年大節日時
不再煩憂寂寥

溫瑞安

第三章　困獸鬥

一 湘江狙殺

曲劍池見慕容英雄肯來找他，高興不迭。

他一直想報慕容世情之深恩。

無奈慕容世情宛若閑雲野鶴，幾次拜謁，都避而不見：曲劍池實無勇氣再作騷擾。

如今慕容英雄來問，曲劍池悉盡相告。

——既然蕭秋水素與權力幫爲敵，慕容英之死斷不會是蕭秋水所爲。

——想必是蕭秋水與慕容英共同作戰，也就是說，如果想找到慕容英何以死得如此不甘之原因，必定要先找到蕭秋水，因爲他是目擊證人。

——只要蕭秋水還未死。

所以慕容英雄立即動身。湖北「神州結義」大會，蕭秋水已掀起這一股武林新興勢力，激起一股熱情澎湃的人擁戴支持。蕭秋水不可能不來。

曲劍池也願意動身，不待慕容英雄相約，也要找到蕭秋水，問個清楚。

他雖已老邁，但只要可以爲慕容世家盡力之處，他自當盡力，而且不遺餘力。

這時曲家姊妹也嚷著要到湖北去湊熱鬧，曲劍池表面不反對，但借順便遊覽風景的名義，使自己兩個心肝寶貝隨他有心結納實力相當可觀的豪客荊秋風陸路前往，多加親近，自己卻與慕容英雄，借水路先到當陽，處理了這件事情再說。

卻不料他們在湘江之上，遇到了可怕的截殺。

斜風細雨，打在曲劍池和慕容英雄的臉上，卻有著迥異的感受。

曲劍池老了。

自從他左手斷了五隻手指後，他的雄心已經消沈，而右手尾指又被墨家第一劍手墨夜雨削斷後，他更壯志消磨，只想靜度餘年，保留剩下的四隻手指，不理世事。

人當失掉自己所有的東西後，才會對原來有的珍惜起來。——這對於仗劍一生的曲劍池來說，是垂暮之年才悟得的道理。

細雨輕打在他的臉上，猶如捶打在他骨骼深處那麼重。他的風濕痛、刀掌擊、內外傷的舊症又發作了。

——這是不是我最後一次淋的雨了?……

他心中還浮現了如此不祥的一個念頭。

慕容英雄可不是那麼想。

他的臉並不俊秀。方正、國字臉。但有男子氣，有一種有責任感，敢擔當的果決氣概。

——在慕容世家中，比他俊美十倍的何止百人，武功高過他的也逾十人，他之所以有如此獨特的地位，乃因他偉岸的軀體中，有著超人的意志和超乎尋常的手腕。

——人在江湖，不獨特便被埋沒。慕容英雄不想被埋沒，在他鐵骨偉軀裡，堅持的志魄與錚錚的傲骨，使他在江湖上，一直是屹立著的，不肯也不願意被埋沒的人。

細雨霪霪。慕容英雄想到他在太行山除「九熊」之後。人們夾道相迎，簇擁歡呼。就在那晚，他佔有了小冰，那看來冷冰冰拒人於千里之外但一旦燕好卻熱情如火的女子。

慕容英雄微微地笑開了：在他一生披膽瀝血的戰役中，也不知夾雜著多少路柳牆花之歎息……只是人們不一定知道他英敏果敢的個性下，還有著這些真情少女夢裡的歎息……

就在這時，他的夢遽爾醒了。

一艘快舟，待他發現時，已經駛得很近很近了。

他扳開船夫，擰轉掉桅，——但已來不及，對方的船首有若撅子，「轟」地切入了他的船身。

大浪湧進來。

在艙中的曲劍池也跳了出來。

一個身經百戰以上的老劍客，當然在這種情況下能鎮定得下來。

但他向側邊的「青年人」望去時，才知道什麼叫做「安若磐石」。

舟子已快沈下去了，湖水不斷地灌進來，然而慕容英雄連眼睛都不多眨一下，眉頭也不多蹙一下。

那船上有五個人，照舊紋風不動，在吃喝著。

中几有三個人，左右旁几各一人。

曲劍池一瞥，臉色陡然變了：

「鴻門宴!?」

慕容英雄依然卓立在斷舟上，沒有動作。

但他的瞳孔在收縮。

——南宮世家!?

他認得這些人：如果南宮世家有八個高手的話，這舟中五人無疑便是其中首席的人。

——南宮漢、南宮楚、南宮增、南宮莊、南宮伯。

這些人只要遇上任何一個，已經夠不好惹。

而今居然來了五個！

他不知道南宮世家因何能算準他在江上——他最敬仰慕容世情，所以行事方式也似慕容世情一樣，飄忽、無羈、捉摸不住。

但是這次顯然對方早已盯上他了。

而且一照面就把他立足之地毀去。

他真後悔不該憶起那些不該憶起的東西，而沒有及時去注意應該注意的事物。

細雨此刻像小冰那冰涼的手，用冰涼的毛巾、冰冷地擰在他臉上——

清醒！

南宮世家對慕容世家，心理上可以說是非常複雜。

數百年來，南宮世家一直在武林世家上排名，但聲名卻也一直不及慕容世家響亮。

南宮世家從煊赫到沒落，都是因為與墨家及唐家拚戰之結果。「南宮、墨、唐」三家之拚，源自於昔日三大家族派人圍剿燕狂徒時，各為保存實力，沒有出盡全力，彼此指責，最後導致相互大打出手，血流成河，所以燕狂徒反未在該役中受傷。

三家互拚結果，唐家出類拔草，更加聲威日壯；墨家勢力範圍銳減，但因死士眾多，實力依然鼎盛。至於南宮一家，除一流高手「七傑一秀」，以及十數名旁支子弟外，幾乎死光死絕。

南宮世家所幸保存「七傑一秀」，所以仍能在武林四大世家中排名，但已有名無實，且最妒恨慕容世家的聲譽日盛。

南宮世家因而投入權力幫，柳五親自策劃南宮無傷競逐「神州結義」之武林盟主一席，條件便是南宮世家抵制慕容世家。

這條件南宮世家自然欣然相允，只不過在暗中，還加了一項，他們是真正希望南宮無傷能當上武林盟主之位，培養實力，重振家聲，以俾有一日脫離操縱掌握，全面發揮南宮世家的影響力——所以他們私下不但要滅慕容世家，同時也對李沈丹指示之方針，對付來歷不明之皇甫高橋，抵制慕容世家，拉攏蕭秋水——這等等諭示，南宮世家只唯唯諾諾，不置可否。

事實上，利用權力幫的支援，登上寶座，殺皇甫高橋，殺慕容若容，殺蕭秋水，都在所不借。

——如果能在「神州結義」選拔前先殺一、兩人，則更可減輕南宮無傷的壓力。

這是南宮世家的人私心所願。

所以慕容世家撞著了南宮世家，就似犬與狼相遇，勢無可免地廝殺一場。

如果慕容英雄是犬，那將要變成落水狗了。

因爲他的姿勢雖然不動，舟子卻慢慢灌進了水，緩緩往下沈了。

而且野狼不止於一隻。

慕容英雄身形沒有絲毫稍動，心裡卻搖動得厲害。

放棄立足點，則只有大江茫茫；掠過對舟去——對舟卻有待機而噬的惡狼！

生死一髮，怎容他片刻猶豫？

曲劍池顯然也看出了這一點。

他突然飛撲了過去：整個人平平貼著水面，掠入對方船中。

他決定先搶過船去：唯有這樣，才能轉移對方的目標，爭取慕容英雄搶入船中的時間。

他想法是對的，可是做法卻是錯的。

他平平點水掠去時，對方船首驀然開了兩個洞。

機括一開，弩簧一彈，兩支勁矢，閃電也似地射到。

曲劍池倏地拉拔水平，全力竄起！

就在這時，一人撲出，一記板斧，橫斫入曲劍池脅骨內。

出手的人就是南宮增。

曲劍池的搶登，只吸住了南宮增。

慕容英雄的確把握住了時機——他在曲劍池掠起的同時，也飛了出去。

竟是飛跳向水中！

南宮莊大喝一聲，持雁翎刀飛截過去！

可是這時，慕容英雄的身法驀然變了。

倏然一折，變作反竄向舟側。

要知這凌空改換方向和身姿——是極難做到的，何況在這等迅急的閃躲下。

但是慕容英雄做到了。

可惜他還未撲到船側，南宮伯已持叉在手，一叉向他刺來！

去。

慕容英雄的「東海水雲袖」一捲，已套住鋼叉，右手「流風天閣掌」已迫了過

他只求先迫退南宮伯——只要他足能沾地，就可一搏。

南宮伯是被他迫退了，而且在一招「空手入白刃」間，就給奪下了鋼叉。

但他的雙足卻永遠不能落地了。

因爲兩道飛鈸急閃，已把他雙足齊踝削斷！

發出雙鈸的人是南宮楚。

他落到船中時，南宮漢雙指已捏住他的喉核，陰惻惻地告訴了他一句話：

「你的人頭，會送給你的朋友。」

二　麥城・當陽・長板坡

南宮世家的武功中，依次是，南宮漢最深沈，計謀、手段都最高，武功上卻是南宮楚的一對飛鈸最強，其次是南宮增的板斧，接著是南宮良的策略和牛耳尖刀。跟著下來是南宮嚕的青龍刀，之後是南宮莊的雁翎刀和南宮伯的鋼叉。

但是南宮漢與南宮楚的武功，加起來也未必是南宮無傷之敵。

這是江湖傳聞，梁斗當然聽過這一些。

他看到慕容英雄和老劍客曲劍池的頭顱時，就知道事無善了。

就算南宮世家不找他們算帳，他也要找南宮世家討回公道。

梁斗跟曲劍池很熟，在情義上，理當如此；何況他也曾受過慕容世情的恩澤。

在他未成名之前，「無量台」是他修習之地，有一天經過了一個人，給一隻頑皮的小狗不小心咬破了一人的褲管，那人竟殘忍地毆打那頭小狗，撬光了牠的牙齒，割掉了牠的鼻子，梁斗忍無可忍，要維護那頭小狗，那人便也要毆打梁斗。

梁斗當然不讓他揍，反而「教訓」了那人一頓。後來皇甫家族的主人皇甫崇來了，他才知道那人就是皇甫崇的獨子：皇甫謙。

以梁斗那時候的武功，最多只是與皇甫崇的兩個弟弟：皇甫彬與皇甫杉打個平手，要以一敵三，絕無可能，就在危急時——慕容世情出現了，舉手投足間，當皇甫崇面前殺了皇甫彬與皇甫杉。

這釀至皇甫家的人憤嫉若狂，舉家全力攻打慕容世家，結果卻被慕容小意與慕容若容殺得落花流水，皇甫謙敗亡，皇甫崇也重傷，鬱鬱而終。——這是梁斗與慕容世情的一段淵源。

同時梁斗對現下武林中盛傳的「皇甫公子」：皇甫高橋，也甚爲納悶——什麼時候已沒落了的皇甫世家多了一位這樣驚世駭俗的青年高手？

在另一方面，慕容英雄爲南宮世家的人所弒，梁斗更不能坐視。

梁斗沈吟了一下，用一種極爲壓抑的聲音問：

「南宮世家的人，你們究竟想怎樣？」

一陣嘿笑。

南宮漢又奸又鬼地道：「剁下你們每人一隻右手，發誓不到襄陽去，那一切就算了。」

孟相逢冷笑問：「你們不許我們參加『神州結義』大會？」

南宮漢反詰道：「你們若去當陽，肯不肯支持我們家的無傷？」

孔別離道：「支持。」眾人自是一奇，他隨即又道：「他坍台時我們拍手掌拍腳板拍屁股都一定支持。」

鐵星月哈哈一笑，喜反好玩的脾氣又「發作」了：「南宮無傷若倒台，我丟臭雞蛋；他若不下台，我就扔茄子、草鞋、毒蛇……」

邱南顧接道：「我丟香蕉皮，還有馬蜂窩，更加一點胡椒粉……」

秦風八奇道：「你撒胡椒粉，全場豈不都要打噴嚏？」

陳見鬼笑道：「其實只要老鐵上去放一個屁，南宮無傷就要全身傷咯，若論暗器，老鐵的屁凡是有鼻子的人都無可抵禦，排行還應在唐門暗器之上。」

鐵星月瞇著眼睛咧著大嘴，笑到鬼鬼的樣子，居然謙遜地道：

「失禮、失禮。」

南宮世家的人開始莫名其妙，後來變了臉色：在樹上的幾人瘋言瘋語，居然沒把他們南宮世家的「鴻門大陣」放在眼內！他們卻不知道，好似鐵星月、邱南顧這等人，不但天塌下來當被蓋，就算黃河泛濫，他們也只當作是強迫游泳罷了。

南宮楚怒道：「你們若要到麥城，就得先過『鴻門大陣』！」

林公子冷冷反問：「怎樣過去？」

南宮楚咧開白森森的牙齒，道：「闖呀！」

林公子居然打了一個呵欠，橫睡在樹椏上，洋洋地道：

「我爲什麼要闖過去？爲什麼不是你們闖過來？」

唐肥也奸笑道：「武林中有云：『遇林莫入』，莫怪姑奶奶我沒有提醒你們喲。」說著也「砰」地放了一個響屁。

南宮世家自擺「鴻門大陣」以來，從未遇過此等尷尬事。

凡遇「鴻門宴」一擺，對方魂飛魄散，驚心膽裂，跪地求饒，當場嚇暈亦在所多有；也有頑抗到底，設法逃走，自殺不降，硬拚突圍的都有——就是沒有今晚的怪事：對方不逃，等他來攻，而且居然還睡覺。

諸俠居然都有默契，各尋樹椏，竟都互道晚安，閉目安睡。

——究竟有沒有閉上眼睛，南宮世家的人看不到，不過輕微的鼾聲卻寧靜的傳來。

南宮世家的人心中卻不謐靜。

——如此侮辱！

只要對方硬闖，南宮世家「鴻門宴」中早有接戰的陣仗；如果對方力攻，南宮世家也正中下懷。就算對方佔了地利，分路逃竄，「鴻門大陣」自然也有應變的策略。

但對方居然不攻，甚至不守，反而睡了——今天已是三月十一的晚上了，明天就是三月十二：「神州結義」擂台大賽了，蕭秋水他們不急麼？

他們不急，南宮世家的人可急了。

就算連夜攢程，恐怕也未必一定趕得及助拳——單靠權力幫內應照顧南宮無傷，南宮家的人，可誰都不放心。

——他們竟敢睡著了！

南宮世家的人，是無論如何都不能忍受這種蔑視。他們堅信急於趕路的這一干人，毋論怎樣，都不會睡得著，只要睡不著，便一定會彆不住，衝出來……

那時南宮世家的「鴻門大陣」，便會全力發動截擊的功能，狙殺這一干可恨的傢伙……

梁斗心中是最激怒的，慕容世家的慘案，他不能坐視不理。孟相逢、孔別離雖身經百戰、但對戰無不勝的「鴻門大陣」，心中惴然。林公子、唐肥、鄧玉平心中也忐忑，南宮整個世家的煞氣，與他們本身所散發的殺氣，絕對只強不弱。鐵星月、邱南顧、秦風八、陳見鬼、劉友、曲暮霜等人雖遊戲人間，但未敢妄動，因爲他們的「大哥」：蕭秋水沒有動。他們都以蕭秋水馬首是瞻。

可是在他們心裡也充滿著不安。

這絕不如南宮世家的人所覲林子外觀那麼謐靜安詳。

等。看誰有耐性。這是梁斗的決策，同時也是「東刀西劍」以及蕭秋水的判斷。

只要他們表現不急，急的最終是南宮世家。

——問題是，誰先憋不住。

群戰不似獨鬥，要考慮的是整體的配合、佈署、安排和戰力。

就算蕭秋水的武功再高，也不可能在眨眼間便可將對手七人，盡皆殺死。

何況他還不知道自己實質的功力如何。

更且在衝殺中，他身邊弟兄的安全尤要顧全。

無論是自己等人衝入「鴻門大陣」中，或南宮世家的人殺入杉樹林中，都是險著。

放棄自己易守難攻的據點，將自己暴露在敵人的包抄下，是最不必要冒的險著。

所以誰都不願意先鋌而走險。

靜靜的林中寂寂。

飲酒吃肉的人也闃寂無聲。

在牛乳般的月光下，寧謐得像秋草冬蟲都睡著了似的，睡得很恬很憩了……

旭陽如火——卻遇著了一個天氣有驟變的日子。

三月十二日。

麥城。當陽。長板坡。

如火如荼的鬥志，充溢了這座古城。

人頭湧動，人擠著人，要走半步，都要看人潮有沒有動的意願——在這種人山人海、人貼著人的情形下，個人往往不能左右群情的騷動。

三十六面大旗在飛揚。

三十六個有頭有面的幫派，已將他們的大旗，自擂台左右橫排過去，大風吹來，一齊飛揚，有一種說不盡的氣勢！

——我這面旗，要插到擂台上去！

抱著如此轟轟烈烈的野心，每人都要在擂台上大展身手，獨霸天下……

但當人人都這樣唯我獨尊時，腥風血雨是免不了的。

——殺！

除了三十六面大幫大派的旗幟，還有各路英雄好漢、黑白兩道、奇人隱士，甚至雜教異壇、不見經傳的人物，也各在擂台「雌雄榜」上刻下了標志，準備一舉成名天下聞。

其實這幾天各路人馬，陸陸續續湧到麥城、襄陽，所造成的結果，是格鬥早在半個月前開始，每日最低的死亡數字是一百一十三人。其中當然包括暗殺和狙擊。

——而今能上得了擂台的，已是不得了的、有真本領的武林人物。

不過擂台比試本身，卻並不如此血雨腥風。

因爲擂台一擺開來，淘汰的效果立現，打了六場後，台下的人，便沒幾個人敢上台去挑戰了。

——因爲自己目睹武功比自己高的人，實不必上台丟臉。

有自知之明的人，還是很多；很多人偷偷塗去鐫名，或偷偷拔掉錦幟，悄悄潛身台下興歎：

——可惜今番只能上「雌雄榜」，不能上「天闕」。

只有「神州結義」擂台大比試中前三名的人。才有資格上「天闕」——真是天闕，猶難若登天。

可是沒有人敢說不公平。因爲勝的俱是真才實料，真刀真槍，當然擂台的令規是敵愾同仇，聯合異己，共抗外敵，共殲強徒——所以比武中的規矩是「點到爲止」。

現在已比過一十二場，當然有十二人落敗，但只誤殺了一人，傷了三人，反而不似私下格鬥來得慘烈。

——因爲誰都想自己未當盟主之前，顯得氣度大一點，多受人擁戴一點，而且又能獲仁者俠士的清譽，何必當眾誅殺，供人垢病，又結下深仇？

更何況主持人的虎髯無人敢惹，萬一殺戮過多，評判人下令「人品太差，不配競鬥」，如此被逐，不僅失威，而且也太划不來了。

這評判人是武當鎮山第一高手大永老人，以及少林南宗長老地眼大師。

少林，武當雖已形沒落，但兩脈聲威，依然存在，這次「神州結義」，欲求一批英才統領武林，亦是兩派深意和力主的——這是少林、武當捨棄私己，泱泱大度的地方。

主持這場競鬥的是半官半俠的楚楚令楚大俠。

本來人才濟濟的武林，因多場殺戮與拚搏，早已寥落不堪，若不再「江山代有才人出」，怎耐權力幫、朱大天王等相迫？「眠月神力」楚楚令位高望重，橫跨黑白兩道，正是精壯之年，卻曾得宗澤識重，有他出面，一切都公平合理，大家在長板坡拚鬥，也較有了安全感。

這時日正當空，已比鬥了一十八場。

現在連勝五場，儼然武林盟主的人是個女子。

中原彎月刀洗水清。

但群豪和台下觀眾心中紛紛嘀咕，這洗水清的名聲並不好（即「白衣方振眉」故事中喬厲花之師祖），要是她當上了「神州結義」的武林盟主，與這種妖女結義，如何得了？

部分有識之士卻臉含微笑，胸有成竹——洗水清武功顯然刁辣，但必定「一山還有一山高」，更高的「一山」，只要出現，必定能壓倒她。

洗水清也知道別人不擁戴她；所以她更加忿恨，出手也特別狠辣，五場拚鬥，重創了五人，其中有兩人，雖然不死，只怕此生也再難動武了。

日頭烘烘的，在這春日迎夏的季節裡，很容易便會引起一場暴雨……

洗水清的彎刀猶自在擂台上閃亮——

經過了一晚上的寂靜，杉樹林子裡睡足了的人，已逕自談笑、揶揄、調侃、議論著。

林子外順著太陽曬——而且眼看就有一場風雨吹到的南宮世家，真可用「憤怒若狂」來形容。

——不管一切，衝入林子去！

不過，又顧慮「遇林莫入。」

——不管如何，迫他們出來！

可是一旦移動，陣勢即失。

——總不能如此長期待下去呀。

況且今天已是三月十二日。

——當陽的戰局如何了？

南宮無傷當上了盟主沒有？——奇怪的是蕭秋水也要赴長板坡，卻爲何不急？爲了區區一個蕭秋水，和一千支持他的人，耗在這裡，畢竟還是不智……

——要是無傷遇到麻煩怎麼辦？

想到這裡，南宮漢、南宮楚、南宮增、南宮噲、南宮良、南宮伯、南宮莊真是心猿踴跳、意馬難拴。

此刻又再隱約聽到鐵星月、邱南顧、蕭秋水、陳見鬼等人的「爆笑」，南宮世家的人更無法按捺了——

洗水清的彎刀，再也無法在擂台上發出藍汪汪的光芒，耀武揚威了。

這是第二十場拚戰。

洗水清一直威風凜凜，她的門徒也一直喧囂吶喊——直至她手上的苗疆彎月刀被打飛爲止。

上來的人是個持戒尺的頭陀。

少林子弟。

大永老人的眼睛亮了，臉色卻沈了下來——

他瞭然了地眼大師操心策劃這擂台的用心了：這位曾手擒（雖最終亦爲逃脫）權力幫柳隨風柳五總管而名噪一時的佛門高僧，這樣苦心經營的目的，乃是爲了使和尙大師（南少林）的弟子——托鉢頭陀——奪得首魁，重新再領導武林。

大永老人開始因震怒而微微激動得顫抖；但他臉上，始終帶著看來倦慵、但令人諱莫如深的淺淺笑意……

托鉢頭陀又連勝了三場；加上少林正宗的聲勢，看來確無人敢再捋虎鬚。

四方的烏雲，漸漸往烏日罩來……天色漸黯。

三 毀滅

困獸鬥。

本來是林內困獸，待而擊殺。而今，林內林外，皆爲困獸。人獸困而相鬥，只有三種結果：獸存人忘，人存獸亡，或人獸皆傷亡。自古以來，嗜血的、狙擊的，或自衛的人獸廝殺，其結果都一直沒有變：最多變成了人馴野獸爲家畜，實質上，獸還是「亡」了。

至少失去了本性了。

這場戰役極短。

但傷亡極大。

是蕭秋水與役以來，死傷最鉅的一次，

是以蕭秋水永生難忘。

「放火。」

這猶如張滿的弩，即發的一觸前，在南宮漢向南宮莊如此低囑的一句話語。

——放火燒了杉林，逼出他們。

南宮莊於是偷偷退出去，悄悄舉起火把，右手持雁翎刀，靜靜掩至林後，準備縱火。

這林子只不過兩三畝地，可是葉枝茂密，一旦著火，諸俠欲想衝出，自然逃不過南宮的人截擊，但南宮世家的人也沒法看清楚裡面的動靜。

他們本來就在這杉樹林中以暗器伏襲蕭秋水等，但卻被孟相逢、孔別離用「刀劍凶卦」識破，他們沈不住氣，施放暗器襲擊，然後一擁而出，卻反給對方佔了杉林，變成了「敵暗我明」之情勢。

南宮世家本可以部分人鎮守杉林，部分人出擊，無奈「鴻門大陣」卻非七人不能運行，現下南宮莊遁移縱火，南宮漢等必須吸住敵人的注意力。

「林裡的人聽著，我們化干戈為玉帛可好？」

這時南宮莊已潛到林後了。

只聽林裡梁斗的聲音道：「我們本就不想與你們為敵。」

南宮楚怪笑道：「甚好！只要你們不在當陽挑戰無傷，我們就結伴而行，也無不可。」

這時南宮莊已準備點燃焚燒。

只聽梁斗悠悠地道：「擂台上比武，本就公平，我們又不上擂台去，你們的無傷若敵得過蕭秋水，又何懼之有？」

南宮楚心想：你還那麼自高自大，待會兒一把火，不燒得你皮脫毛光……但表面仍不動聲色，笑道：

「好啊，無傷是贏定了蕭秋水的！只要你們不礙事，當然……」

他企盼目睹大火熊熊蔓燃起來，然而他耳畔卻聽得一聲慘呼：

南宮莊的慘叫。

外面的人在對話，南宮莊已溜到林子的邊緣。

待他肯定南宮漢、南宮楚等已吸住了杉林裡的人之注意力時，他就開始點火。

他先燒地上的枯枝……然後高舉火把，燒樹上的枝椏——只要燃著了一隅，就立即蔓延，夠林裡的人慌亂的了。

但他剛剛舉起火炬……忽然瞥見濃葉盛枝中有一白衣人，冷得好似一塊寒冰般盯著他：鄧玉平！

他打了一個寒噤——劍光一閃！

南宮莊是何許人也，他及時一橫刀。

「叮」地一聲，劍刺在刀身上，星花四濺！

就在這時，林中又無聲無息地，沈浮間躍出一個白衣人。

南宮莊心向下一沈，那人一劍斬來。

南宮莊急退，雁翎刀一搭，「乒」地刀劍交架，南宮莊的火把，呼地撞向那白衣人的臉龐。

那白衣人一仰身，腦觸及地，間不容髮躲過火炬一擊，而左手自右手劍中抽拔出一柄更薄的緬刀，橫腰一斬！

這便是南宮莊發出慘嘶的情景。

他不知道名聞江湖「刀劍不分」的林公子，真正的殺手鐧便是刀劍並施，左手刀，右手劍，刀劍雙殺。

南宮世家的人都是久經陣仗，一聽那嚎叫，便知南宮莊很難活命了。

這時林中已冒出黑煙。

但是南宮世家的人心卻亂了。

就在這同時，林中殺聲大作，不知有幾人，分了幾頭，掩殺了過來。

濃煙反而掩蓋了敵人的蹤影。

——這火勢已無可補救。

南宮世家的人只好反殺了過去。這時不能氣餒，氣餒則亡。

戰役彎得愈久，戰前的準備功夫愈久，戰況愈劇烈，可能反而結束得快。

真正的高手，生死勝負，均在頃俄間決定。

南宮噲最勇猛。曲抿描和荆秋風的頭，便是給他一刀斫下的。他最大的嗜好，便是斫人頭。他矢志要斬蕭秋水的人頭。

蕭秋水在濃煙中衝出來，目標也是他。他要爲曲抿描報仇。兩人見面，分外眼紅。就在這時，林內傳來了一聲慘嚎。

——是秦風八的叫聲！

——怎會如此呢？蕭秋水心頭一震，南宮噲的青龍刀當頭劈下！

南宮楚是南宮世家中殺人最多者。他有一天的紀錄是：殺人一百二十六屍，姦淫四人，搶劫十一宗。

他雙舞飛鈸，但一刀一劍，交織如網，纏住了他。

「東刀西劍」：孟相逢、孔別離！

南宮漢是南宮世家這邊的主力，他揮舞金鞭，卻給梁斗手裡那淡淡的刀，纏得寸步難移。

南宮嚕的青龍刀，虎虎生風，叱喝連連，大概是佔了上風——不知南宮良、南宮增、南宮伯他們那邊怎樣了？

——南宮漢、南宮楚心中如此揣忖。

就在這時，南宮嚕的虎吼軋然而止！

南宮嚕劈了一刀，蕭秋水避過。

南宮嚕又斬了一刀，蕭秋水又險險避過。

南宮嚕這時雙眼已被濃煙薰得嗆淚，額頭大汗涔涔而淌，他又斫了一刀，蕭秋水又避過。

蕭秋水這次回了一劍。

南宮嚕拚出了蠻勁，又斬了四刀。

蕭秋水都避了過去，乘隙又回了三劍。

南宮噲連人帶刀，又劈了下去。

蕭秋水在千鈞一髮之間避去，交錯時反手回了兩劍。

南宮噲雖天生勇力——但他的刀法，每一刀都是最耗力的。

他又斫了一刀，對方亦回了一劍，他已氣喘如牛，只好先歇住手揩汗。汗水已令他雙目刺痛。

就在他揩汗的時候，才感覺到手指所觸，盡是濕濕、腥腥的液體。

接下來更令他駭汗的是：他眼簾上流落盡是一片紅色……整個視線都是紅色！令他無法看清事物！

難道……？他才發覺手指觸摸到額上有一道裂縫，深深的裂縫！

果然是血！

而且開始滴落，在他衣袖上。他因俯首而望，才發現他大腿一片殷紅……不止在大腿，連小腹的衣袂，也讓鮮血浸得如濕布一般！

他反手一摸胸膛，又觸及一道劍傷——他開始還以爲劍傷不重，但一摸竟然摸了進去，摸到自己的內臟！

他本來拚得忘了一切……而今都回來了，一刹那，至少有七八處傷口同時作劇烈地刺痛，他再狂嚎一聲：

「蕭秋水！」

眼簾前的血紅景物上，已不見了蕭秋水，他怪吼，但已嘶啞，揮刀呼呼呼斫殺了幾個圈，終於不支倒下。

南宮噲死的時候，南宮增的板斧對上了唐肥，南宮伯的鋼叉力鬥鐵星月和邱南顧，南宮良的牛耳尖刀，卻拚戰林公子與鄧玉平，陳見鬼、劉友、曲暮霜也在這個戰團之中。

蕭秋水迅即接過南宮伯的戰力，疾向鐵、邱二人道：「去助唐肥！」

蕭秋水撲近，一劍劈去！

這一劍之劍氣，絞碎了南宮伯的勇氣！

但是他畢竟是經驗老到的好手，鋼叉一扳，還是掣住了蕭秋水的劍。

蕭秋水忽然棄劍。

南宮伯錯愕。

蕭秋水搶近，出掌。

南宮伯胸膛被印上一掌。

蕭秋水一著即退，收回鋼叉上的劍。

中掌後的南宮伯，已無絲毫力氣夾制蕭秋水的劍。

他目定口呆瞪著蕭秋水：——胸膛雖只被淡淡地印上一掌，縱剝開衣襟，可能也見不到掌印……

但南宮伯猶如被重錘撞擊一般、全身骨骼寸寸碎裂，金山倒玉柱般仆跌下去——

「殘金碎玉掌」！

蕭秋水一上來就殺了南宮噲、南宮伯，折損了敵方兩大要將！

——只是秦風八去了哪裡？

蕭秋水心中大奇。就是因為這點耽心，適才他差點為南宮噲所乘，要不是武當劍神妙精萃，只怕還要傷在南宮噲的刀下呢。

——臨陣退縮：秦風八絕不會是這樣的人！

這時南宮良已拚紅了眼：他的牛耳尖刀一刀扎進曲暮霜的腸子裡，但在他的刀尚未抽出來之前，他的手已被林公子斬斷！

他負痛疾退，一面閃開了鄧玉平的快劍，卻給陳見鬼攔腰抱住。

這時蕭秋水已趕到了。

陳見鬼已遇險。他必須要先殺了南宮良。

他全力一劍刺出，就在這時，鄧玉平忽然搶前一步，一劍往蕭秋水背後刺去！

這一劍之快，竟比平常快了三倍！

就算蕭秋水不是背受暗算，而是迎面刺來，猝不及防的情形下，蕭秋水也來不及招架。

就在這閃電驚虹的剎那，蕭秋水卻似乎早已料到這一劍所刺的部位似的，迴劍格開。

鄧玉平倏變了臉色。

蕭秋水問了一句：

「你殺了秦風八？」

鄧玉平頓時愣住了。

唐肥與南宮增之戰是最慘烈的。

唐肥捱了三斧，南宮增總共中了三根梨花釘、兩枚黃蜂針，以及一把吳鉤飛劍，兩人依然拚鬥熾烈。

這時鐵星月和邱南顧趕到了，南宮增手中的板斧，就忽然飛了出去！

這一斧劈中唐肥的左臉。

斧嵌入臉骨。

唐肥尖叫，打出了「唐花」。

唐花美若曇花。

南宮增想避，但花開滿天，杉林無處不飛花。

終於有一朵花，燦爛地開在他的額頭上。

南宮增長嘯一聲，他的雙眸充滿了驚艷；他的人也在驚艷中死去。

唐肥的血艷得怵目驚心，她人卻十分醜陋。

她受傷已重，正竭力拔出嵌在臉骨的斧鋒。

這時一人如大鵬，飛躍過來，雙鈸擊在斧柄上。

南宮楚！

斧面又再沈陷入唐肥厚寬的臉頰內。

鐵星月大喝，一拳揮出，南宮楚卻一矮身，鐵星月的拳頭，變成直接揮到了唐肥的臉上。

唐肥的臉被擊稀爛，倒飛了出去。

這下兔起鶻落，目不暇接。

唐肥藉勢飛出，著了臉部沈重一擊後，她借力飛去，以偌大的身子，竟攬住跟梁斗決戰的南宮漢！

邱南顧這時一沈身，箍住南宮楚，南宮楚心下一涼，想把邱南顧甩了出去。

邱南顧死命抱住，這時孟相逢、孔別離的刀劍已至。

南宮楚出盡全力，終掙脫了邱南顧的拑制，跌跌撞撞了出去，卻覺眼見一片茫茫，什麼也看不清楚。

那邊的唐肥壓住南宮漢，南宮漢死力穩住身形，金鞭已牽制住梁斗的刀。

但是鐵星月已衝了過去。

虎吼著衝過去。

南宮漢已向唐肥背上擊了一鞭，皮開肉綻，但唐肥兀然不放。

鐵星月怎能讓南宮漢再傷唐肥，他猛撲箍住南宮漢的頸，拚盡全力，就是一擰——「喀咯」一聲，南宮漢的頭，宛若正臉長在後頸上一般，就在這時，梁斗歎了一聲輕微的喟息。

他的刀已刺入了南宮漢的心窩。

南宮漢的頭現在雖已擰轉，但心依然在前面。

此時唐肥已放了手，龐大的身軀「砰」地跌在地上，鐵星月悲勵呼叫：

「阿肥——」

疾俯身探望。南宮漢卻搖搖顫顫，梁斗「突」地把刀收回。血水如小瀑般噴出。

南宮漢跌跌撞撞，橫走了幾步，連人帶鞭，撞到了一人身上。

南宮漢這時頭往後向，所看到的是雙目只有眼白，沒有眼珠的南宮楚。口吐白沫的南宮楚。幾乎已沒有生命了的南宮楚。

他驚駭莫已。他自己已難有指望，連南宮楚也遭了毒手……這時他又瞥見了地上的南宮伯，南宮噲、南宮增的屍身。

——唉，南宮世家……

太陽好毒。熱烘烘地映照身上，南宮漢分外感覺到那逼辣的炙意。還有自己身上濺出來熱炙炙的血。血。死亡。以及毀滅。

南宮世家要在江湖上毀滅了。他只意識到這裡，眼眶裡盈滿了熱暖暖的血……

他想到「毀滅」爲止，就失去了生命。

他跟南宮楚幾乎是同時喪失性命的。

稿於一九八〇年三月十八日

更換發行人事件妥善后

三校於一九九三年七月廿二日
碧麗宮巧遇孫十二及其女友／讀友鄭鳳明來信／「大媽」來FAX／淑儀入電台／湖北讀者黃河遠來函／得悉中國之中央電台、報刊肯定「一九九三溫瑞安旋風」／悉聞大專畢業生研究論文以我作品為對象／得寶石「翡冷翠」／方首入水晶世界／阿靚電告廉忌身陷重圍事

修訂於一九九七年十二月卅至卅一日
自澳返珠／又回卜卜齋／溫何葉遊白蓮洞拜神／下午約Colourful Cloud二晤，賀一賀／余至銀都會聚，因而坐失風衣笑，方梁何舒同賀生辰／眾弟妹中獨展昭最有余心／行街吃飯開香檳／九七年往矣，九八年欣至

第四章　一刀五斷

一、人王

南宮莊、南宮噲、南宮伯、南宮增、南宮楚、南宮漢一一依次伏誅；剩下的是南宮良。但是這邊也犧牲了唐肥、秦風八、曲暮霜。

本來陳見鬼纏住了南宮良，現下兩人都住了手。

陳見鬼停手是因為突如其來的遽變：鄧玉平與蕭秋水之對峙。

南宮良則已崩潰，才不過頃刻間，「鴻門大陣」的七個人，還活著的只剩他一人。就算他再堅強，也抵受不住這種殘酷的事實。

——如果你一直是很多人生活在一起，而且生活得很好、很威風，但是有一日你身邊的「很多人」都忽然離開了你，而且永遠「回不來」了，你會有什麼感覺？

「你怎麼知道秦風八已死？」

「我猜的。」蕭秋水說。

「你怎麼知道是我殺死他的？」

「因爲你就是『人王』。」蕭秋水還是淡淡地說，但眸中已現出迫人的鋒芒：「『權力幫』中的『人王』。」

鄧玉平又目定口呆地望著蕭秋水，好似從來沒認識過這個人似的。

「你是在什麼時候開始知道的？」

「峨嵋山、伏虎寺中，若沒有內應，權力幫決不可能如此輕易盡擒大夥，大家著的是迷香，偌大的伏虎寺，迷香竟佈置得如此神不知、鬼不覺、這裡中一定有蹊蹺。」

「……後來我才打聽當晚大家先喝了你沏的茶，你的茶裡沒有迷藥，因怕梁大俠等老江湖一品嘗就試得出來……可是卻有對迷香的味道失去判斷的效能……而我和唐方喝了那茶，到對面去了，所以沒中迷香，所以沒事——但那晚對屈寒山猝然挾持唐方，我也失去了平時的警覺，這不可諱言都拜你所沏的『好茶』所致。」

「所測不錯，」鄧玉平鐵青著臉色，冷笑，「只是你從什麼時候識破是我？」鄧玉平反問道：

「可疑的人，應該是很多的呀！」

「是很多，但我卻先確定其中有內奸；」蕭秋水的話吸引住了全場，他說話時有一種很奇特的興奮神采，教人如鐵受磁所吸引一般，凝神了過去的。

「刀王兆秋息知道伏虎寺的事，係權力幫所爲；然而幫主李沈舟卻不知情，使我想到這件事，很可能是柳隨風下達的命令，而不是李幫主。」

「你那麼信任李幫主？」鄧玉平疑惑。

「他不會騙我的；」蕭秋水斬釘截鐵地道：「縱然我是他的敵人，他也用不著騙我的。」

蕭秋水是蕭秋水。李沈舟是李沈舟。可是不管是蕭秋水對李沈舟，還是李沈舟對蕭秋水，都有一種出奇的相知，而且情深的相惜，互重的相敬。他們可以騙別人，而且彼此對立，可是卻不會沒程度到欺騙對方。也許這兩人在某些方面雖然相去太遠，但在某些方面，又相近太多；而他們都不是自欺欺人的人。

「後來柳五來告訴我，找紫鳳凰即可知曉梁大哥等人的下落——這是故佈疑陣，以俾讓我親眼目睹朱大天王對部下殘暴的追殺，而矢志與之爲敵；如此可以借我之力消滅費家派系，同時柳五也派出上官族的人，讓這兩家互拚結果，乃消亡殆盡。如果梁大哥等人是被朱大天王所操縱下費家的人所擄，高似蘭又怎知曉其中過程……那麼其中必有原故，最大的可能性就是我們這一夥人，有權力幫的高手潛伏。柳五本來想要在伏虎寺捉拿這些人，以報錦江受擒之辱，卻不料你剛下了迷香，費家的人就趕到，你獨力難以拒抗，只好也裝迷暈，所以糊裡糊塗地都把帳賴到費家人的身上……」

「費家、上官族，還有我們，甚至剛才的南宮世家，都只是朱大天王、柳五等人對壘攻守的棋子而已……」蕭秋水目光熠熠：

「你一路上留下暗記，通知權力幫，是以柳五總管改變了計劃，不料我跟費士理夫婦並沒有打起來，反而救出了大家，而且還幫費家滅了上官族……這些事兒一直都陰差陽錯，所以柳五含忿，要南宮世家在我們未到當陽前伏殺我，你則負責裡應外合……」

鄧玉平神色鎮定，但臉色冷峻：「這些大致上都沒有估錯；只是你怎麼在眾多人中，獨獨懷疑到我？」

「你是人王，做人做得天衣無縫，並沒有失敗，我是看不出你；」蕭秋水知道鄧玉平心中最斤斤計較的是：他身爲「人王」，自然作得甚周圓，怎麼還會被自己入世未深闖蕩江湖的少年識破：

「我沒有看出你是『人王』。只惜在浣花之役中，你爲救柳五，做得太過火，以身擋住眾人的視線，所以才讓柳隨風有遁逃的機會。但我一直只是懷疑，直至……」

「……秦風八是不是死了？」蕭秋水雙目忽射厲光，暴長而問：

「是不是!?」

「是。」鄧玉平深吸一口氣，緩緩道：「……我不想你們獲勝得太容易——至少也要付出一些主力的代價，以便使權力幫安排的南宮無傷能順利御統武林，所以我殺了秦風八。」

忽聽一聲怒至極點，怒至極端的尖嘯，一人挾著厲風，向鄧玉平撲來！

鄧玉平疾退。

出襲的人是陳見鬼，她乍聞自己情同手足的至交被鄧玉平所暗殺，悲慟難抑，出手猛攫鄧玉平！

鄧玉平一面急退，一面出劍！

南海劍派的劍，快而無情！

可是陳見鬼簡直不要命了！

誰都可以看出她避不開鄧玉平這一劍，但鄧玉平也絕避不開她這一擊。

蕭秋水陡地一聲大喝，自後執住陳見鬼的衣領，把她前攫的身軀，硬生生揪了回去。

鄧玉平冷笑，劍勢不停，移向蕭秋水刺來。

蕭秋水右手不及拔劍，以「無相劫指」之力，雙指倏地挾住那迅、毒、疾、快如蛇蠍的劍尖。

就在這時，蕭秋水只覺左下脅一陣熱辣辣地疼。

月牙刀已割入蕭秋水左脅，蕭秋水左手揪住陳見鬼，右手夾住鄧玉平的劍鋒，就在這時，著了暗算。

但蕭秋水是何許人？他左脅吃痛，但一腳踢出！

這一腳並無特出，卻能救命。

他此刻功力，何等高強，又有八大高手武功菁華相傳，這一腳踢出，隨著一聲斷喝，那人也非庸手，即刻棄刀飛退！

——居然還有內奸！

那人愴惶身退，臉色慌恐，蕭秋水又驚又怒，陡叱道：

「怎會是妳……」

一時失措，鄧玉平忽自劍鍔中抽出了另一柄又扁又薄又狹又快的利刃，「嘯」地點戳在蕭秋水的咽喉上。

這下兔起鶻落，極端神速，蕭秋水已爲鄧玉平所制，別的人根本還弄不清楚是什麼一回事，哪來得及出手！

以月牙刀偷襲的人是瘋女。

劉友！

「真沒想到……」

蕭秋水發出如此一聲慨然長歎。

——被人擊敗乃兵家常事，爲朋友所出賣才教人心碎。

劉友臉上居然還有不豫之色，撫著被踢折的手腕，不但無歉咎，反而頗有慍意地道：

「便是我！」

「妳爲什麼……」

鄧玉平喋喋地笑起來。「不爲什麼！又不是文藝故事裡對話。」「她在你們一伙中，能幹什麼？既無傑出的武功，也並不孚眾望。談理想、做大事，對她這樣一個市井出身的女孩子，能當飯吃麼？」「兩廣十虎一個個的死，她不心寒，才是騙人，……所以我說服了她。……秦風八其實是她殺的。是我吸住了秦風八的注意力，她就用這柄月牙刀，背後一捅——」

鄧玉平說著，也正想用力將劍往前一送；他這一刺即刺穿蕭秋水的咽喉，然後準備在蕭秋水未咽氣前補加一句：

「——就這樣地送了命。」

可是他在這頃刻間回心一想：不可以，而今梁斗、孟相逢、孔別離、林公子等全是高手，他殺了蕭秋水，恐怕也難逃一死……何不利用蕭秋水作護身符，待自身安全解決後再作處置，當下轉念道：

「你們最好鎮定點，如此蕭秋水才可望活得長一些。」

他說著猝然伸出手指，小心地連點蕭秋水幾處穴道，徘徊了一下，又再加點了兩處穴道，才放心，怪笑道：「他是我們的人質。你們要是出手，他就——」

這時天灰濛濛，開始有雨落下了……

雖然有雨，但群眾不但沒有散去，群情更加洶湧，如萬濤排壑。

擂台上的托鉢頭陀，已連勝七場。

主持楚楚令楚神刀已唱名五次，無人敢上台挑戰。

——看來這領袖群倫的人物，又落回少林的身上了……

擂台上的托鉢頭陀，靜坐默思，神色端然。

——年紀雖輕，卻是禪佛修爲精湛的大師！

眾人心中紛紛發出喟歎，就在這時，忽然一閃，一物以極詭異的姿勢，掠上擂台，罩向頭陀！

托鉢頭陀猛喝一聲，驀然站了起來，看來寡言訥語的他，足有六尺高壯，戒尺夾帶著厲風，飛劈而出！

來物粉碎！

只聽一人清脆的拍手聲，笑道：

「托鉢師兄，好功力！」

來者是一位俗家打扮的紈袴子弟，但見禮儀式卻是道家的手勢。

眾人一時議論紛紛。「卓勁秋來了！」「武當年輕一代第一高手來了！」「這下少林對武當，可有得瞧了！」

原來被托鉢頭陀一尺擊碎的，是卓勁秋故意扔出的外袍，托鉢頭陀居然將神功貫注於戒尺上，一出手竟震碎軟質的布帛，這等少林的硬功夫，當真不可輕視。

托鉢頭陀，連戰七場，向未如此動容過，一下手即全力以赴，卻只擊碎了一件衣衫——是不是他被卓勁秋所懾，而這正是不祥的徵兆？

本來一直留著有恃無恐之笑容的地眼大師，那得意之笑容消失了，代之是以尖刻的眼神，瞥向武當大永老人。

大永老人閒適地逸坐著，撫著白髯，彷彿道骨仙風，臉上卻含有一個跟地眼大師先前一樣的——

諱莫如深的笑容。

二 斯役也

鄧玉平的前髮，被雨淋濕，幾綹髮絲，黏在額前，他看著蕭秋水雙指還夾著他的「僞劍」，獰笑道：

「我的劍是南海劍法之精萃。劍是凶器，劍中劍才是神器。你夾著的不過是我的凶器，我的神劍天下莫敵……」

說著一面用手把蕭秋水挾著的劍解下來。蕭秋水深湛的眼神望定著鄧玉平道：

「你弟弟死得好冤！」

——鄧玉函爲與權力幫對抗一生，而終於戰死，他哥哥卻情願投效於權力幫中，不惜作犬馬之勞。

鄧玉平乍聞，也煩躁起來，——鄧玉函畢竟是他血親弟弟，被「飛刀神魔」沙千燈所弒後，鄧玉平也萌過退出之念，但南海劍派並無實力，若無權力幫支持……鄧玉平最終又打消了退身之念。

蕭秋水這一提醒，他不禁毛躁起來，叱道：

「再說——我一劍殺了你！」

驀然他瞳孔睜大，驀念及：他適才不是制住了蕭秋水的穴道嗎？穴道中連「啞穴」也點了，怎會……

他想到這裡時，蕭秋水深湛的眼神變為熾烈，而鄧玉平狂妄的眼神變為慌恐。他要退已來不及，蕭秋水雙指挾的劍鍔往前一送，就刺入了他的心房，

蕭秋水用眼睛深深地望進鄧玉平那驚疑與不信的瞳孔裡去：

「少林豹象大師深諳『易筋經』，把身上體內的氣穴移開一、兩分，並不是難事，你太輕敵了，而且——」

蕭秋水望著鄧玉平滿額青筋，大汗涔涔下的臉容道：「你太信任你的劍。劍是兇器，唯有不用兇器，方才是吉。用劍者自以為吉，猶生者言死，不知珍重。」

鄧玉平全身因刺痛而痙攣著。他突地嘶吼道：

「劉友……」

瘋女的眼光已因恐懼而呈散亂。她本來因尋求庇護，才投靠權力幫。而今暗襲蕭秋水，在鄧玉平面前領了首功，不料卻仍為蕭秋水控制大局。她因失去依靠而慌亂起

來，奔過去扶住鄧玉平，但緊張得泣訴起來。

「你……不可以死。」

江湖人的歲月是流落的，生活是熱鬧的，但心裡是寂寞的，他們也有他們所需，家庭、溫暖、慾望……等等。在華山蕭秋水與費丹楓之役後，劉友原本有幾分標緻的容貌，卻因江湖風霜而蒼老。直到秦皇陵後，鄧玉平便收起了他銳利的劍鋒而以他那一雙銳利的眼光找到她，她在寂寞的武林生涯裡，月夜下，陵墓中，第一次向一個寂寞的江湖男子獻身……

蹉跎的歲月，寂寞的月……

卻不料在事後，這「寂寞的男子」居然是權力幫中的「人王」。而她既是他的人，就要跟他一起，爲權力幫打天下……

值得嗎？

劉友覺得自己簡直是瘋狂了。

但是錯已經鑄成了。這些年來與權力幫爲敵，這些敵愾同仇的朋友，在一夜之間，全部改觀了……

江湖上有出賣朋友的「好漢」嗎？有棄信背義的「英雄」嗎？盡管她心裡想把過失都推給對方，而且想盡千方百計用理由說服自己乃是被迫、自衛，不是出賣、殘害，但在她聽從鄧玉平之計，一刀劈殺秦風八的一刻，一切都湧到了眼前，難疚其責。

她殺傷蕭秋水的刹那，也有此種愧恨的感覺。只是慚咎愈深，下手愈恨，表現愈不馴，這也許就是「泥足深陷」的情形罷，等到她真的斫中了蕭秋水，那血……流出來的時候，堂堂蕭秋水，竟在自己手下受傷了，那時之震愕，反而使她無法瞬即斫殺下去。

……這也許是她手上月牙刀會被蕭秋水及時踢飛的決定性因素。

但是鄧玉平倒下了，胸口流出了花一般的鮮血，她一下子，如同裸裎相見的一刻，什麼遮飾，依憑都消失了。她如在飛落深崖的刹那，沒有天，也不著地……然而鄧玉平在呼喚她。

垂死的呼喚她。

劉友飛奔過去，眾人都沒有攔阻。

劉友嘶聲哭道：

「你……你……不能死……」

鄧玉平的臉上居然浮起了一絲奸險的笑容，喘息道：「就算我死，……妳……妳也得先死……」

他說完瘋女劉友就倒了下去，趴在地上好一會，撫腹而起，披頭散髮，真好似瘋女一樣。鄧玉平的劍貫穿了她的腹腔，自背後凸露了出來：

「你……為什麼要……殺我？……」

「因為我是人王；」鄧玉平艱辛地笑道，「妳是我用過的女人，沒有別人能再用妳，」他大力地呼吸喘息著：

「我是人王，我死，至少也要有人陪我一起死；」他笑得發苦：

「目前我只有能力，也只有把握殺妳。」

劉友眼中充滿了一種猶如野獸瀕死前的絕望，但是桀傲，嗄聲問：

「你就為這……這一點殺……殺我……!?」

鄧玉平傲慢地點頭。潮陽瘋女忽然撲了過去，白森森的牙齒，一口就噬在鄧玉平脖子大動脈上。

卓勁秋外號「一葉知秋」，是武當派俗家弟子中，聲望最隆、地位最高、武功最好、人緣最廣的首席前輩「劍若飛龍」卓非凡的獨子。

既是獨子，劍法也是嫡傳的。

卓勁秋若獲得「神州結義」之盟主，這正道武林無疑就是武當派的天下。

地眼大師現在也清楚了大永老人爲何如此篤定了，他冷笑道：「卓先生爲啥不來？他如此苦心策劃，理應前來觀賞才對。」

他雖看似不經心的說，但聲音絕對可以越過相隔的三個人，傳到大永老人的耳中去，大永老人微微一笑道：

「卓師哥一向很少親自出來。」

地眼冷哼道：「卓先生的架子愈來愈大了。」

自從鐵騎、銀瓶以及武當掌教太禪、掌刑守闕道長歿後。卓非凡已儼然是武當一脈代表，確非一般場合可以見到的。

大永老人依然不動氣，微笑回了一句：「也不見得。貴寺地極師兄，不是也沒有大駕光臨嗎？」

少林地極確實沒有來。少林正宗七大高僧，天正、木葉、木蟬、木蝶、龍虎、豹象俱已身亡，只賸地極一人，及神龍見首不見尾的抱殘大師二人，傷心哀矜之餘，也有瑣務繁事，走開不得，倒不是因架子勢頭足。

地眼卻聽不過去，冷笑道：「地極方丈要來，也至少要在有卓先生出現的場合才到。」

大永老人淡淡地聽不懂個中含意似的回話：「是麼？地極大師真好耐性。」

兩人針鋒相對，各不相讓，卻聽冷哼一聲，一人道：「武當少林，原來是鬼打鬼。」

地眼這一聽，自然勃然大怒，心忖：我倆是一派宗主，就算不睦，干你屁事？連涵養極好的大永老人，也動了怒，即側首望去。

原來隔著地眼與大永老人席間，有三個人，聲音極微，卻是從這三人中發出來的。

兩人都怔了一怔，俱不能肯定三人中哪一人曾開口說過話。

這三人中首是一個威猛如天的人，連地眼大師那般凶惡的奇僧，以及大永老人如此深沈的高手，一望之下，也不禁怦然心跳，好似曾在什麼地方聽過或見過這人，但又不知從何處何地，曾聽過或見過。

左邊一人，顴骨高聳，額骨崢嶸，目光炯炯，十分矍鑠的老人，鐵色衣衫，凜然而坐。

右首一人，是個女子，寶藍色配水綠色衣裙，高髻雲髮，還沒看清楚模樣，便被一種閒淡的、雍容的，而且淡淡憂悒的絕代風華所迫住……

這叫人看不清那花容月貌……

雨霪霪下，三人猶如罩上一層雨花，看不真切，三人衣裳卻絲毫不濕。

——這三人顯然都不凡。

大永老人和地眼大師，縱橫江湖數十年，而今竟連誰說了話罵了自己，都找不出來，心中暗暗提防，一面驚疑不已，但在未找出說話者是誰之前，確也不便發作。

那三人依然故我，凝望擂台，又似全不把台上打鬥放在眼裡似的；三人彼此之間，既似故友重逢，又似全不相干。

擂台上的托鉢與卓勁秋，早已打得烏天暗地，捨死忘生。

蕭秋水、梁斗、孔別離、孟相逢、陳見鬼、林公子、鐵星月、邱南顧等俱不願目睹瘋女劉友、鄧玉平互相戮殺致死的慘狀。

原來在一起的夥伴，一下子變成了「奸細」，自相殘殺，而且一一自這世上消失……熱熱鬧鬧的一群，變得孤獨、寂寞，是何等令人沈哀的事。

南宮良沒有再出手。

他的牛耳尖刀已被打落，手已被斬斷，親人都死了，他已失去了戰鬥的能力。

唐肥滿身披血，一邊臉獰狰可怖，如鍾無艷一般，相映十分悸人。

鐵星月含淚俯身過去，雙手緊握住唐肥的手。

只聽唐肥氣若遊絲地道：

「我……還有任務……未完成……我……不能走……我……我不要死……」

鐵星月垂淚道：「阿肥妳不要死，妳不要死。」

林公子瞧了瞧唐肥的傷勢，道：「你放心，她臉蛋大，還死不了。」

唐肥告訴鐵星月一句話之後，才暈了過去：

「我怕不能再和你一起放屁了。」

說完她就不省人事了。她在「神州結義」中也許並不是一個很重要的人物，而且一直也沒發揮她的重要性，但天意難測，一個人天不假年，際遇難逢，命途多舛，英雄氣短，很容易就浪費了如此一生，中途變節、死亡或退隱，使得在青史留名路上，未能留下深如鏤鑿的痕印！或許她在此刻身亡，反而能留下節義之名。

唐肥重傷。

——如何向唐方交代？

蕭秋水只想快快把一切江湖事快快有個交代，然後快快放棄掉一切，快快去見唐方。

蕭秋水更想念唐方。

是役。

南宮世家「七傑一秀」中之「七傑」，六死一傷。南宮漢、南宮楚、南宮增、南宮嚕、南宮莊、南宮伯死，南宮良則遭斷臂。南宮世家自此數十年無法重振聲威。蕭秋水方面，唐肥重傷，秦風八、瘋女劉友、鄧玉平、曲暮霜因不同因由而歿，為蕭秋水與役以來「神州結義」中弟兄傷亡最重的一次。

斯役也。

少林可以說是中國武術的重要發祥地，以佛經禪理修心，以武術勞作修身，而創出一套因大慈悲而殺無赦的武功。這武功不動明王般的以殺止殺，為的是降魔除妖，弘法救世。

武當的武功卻出自太極兩儀，一生二，二生三，三生萬物，萬物川流不息，以修練的過程悟道，以有生之年取無涯之念。所以武當武功心法，多取陰柔一路，手控乾坤，步走八卦，無招勝有招，以招生招，故能綿延不絕，借力生力，借勢取勢。

托鉢頭陀的戒尺劈頭劈臉、潑頭潑臉地打，但是卓勁秋的劍，仍封守自如。

托鉢頭陀與卓勁秋，在武林上俱是鋒芒畢露，驕激人物，雖身在佛道二門，卻桀傲不馴，兩人拚戰百餘回合，不分勝負，就在這時，擂台之巔，忽急如箭矢，閃下二道人影。

只聽在擂台上主持的楚楚令楚眠月陡發出一聲斷喝。

「小心刺客！」

這兩個著柿色緊身衣的刺客，一使鐵鏈鐮刀，一使淨重七十六斤的霸王槍，夾著雷霆般呼嘯，霸王槍刺托鉢頭陀，鐮刀隨著飛鏈呼地轉鉤卓勁秋的脖子。

就在這剎那間，電擊般交錯。

只聽兩聲怪嚎，兩聲斷喝，兩名刺客，交錯躍上台頂，而卓勁秋與托鉢頭陀，又酣戰在一起。

然後那執霸王槍的人，在台頂一陣搖晃，終於鬆手，霸王槍在眾人驚呼中呼地掉落了下來，插在台板上，猶自晃動不已。這名刺客撫頭。

他的頭也在此時鮮血迸激，裂開五、六片。

他的頭是給戒尺敲碎的。

那使鏈子鐮刀的，一擊不中，躍上台頂，稍藉力於足，又想飛躍向旗桅處求突圍，忽然一陣痙攣，身上竟自肩至胯，分成兩爿，血雨紛降，在眾人嘩然聲中落了下來。

兩名刺客，僅一個照面，即死在這少林、武當兩大高足之下。大永老人撫髯微笑，地眼大師眼睛也發亮。群雄更都咸認爲這兩人確乃不世之高手。

台上戰團依然。楚楚令楚眠月卻一揮手，即有數名衙役分頭料理兩刺客之屍身，不一會楚楚令楚大俠挺身公佈道：

「刺客身上果有令旗，是金兀朮派人刺殺我們高手的殺手！」

群眾一聽，物議嘩然。紛紛叱喝道：「金賊敢潛來謀刺，好大的膽子！」「該殺！待『神州結義』後，一齊殺金賊去！」「少林、武當領導我們，直搗黃龍！」

盡管群眾呼嚷，坐在地眼與大永老人之間的三人始終神色不變。只聽那矍爍老人搖首道：

「少林、武當的武功，練壞了。」

這下令大永老人、地眼大師再也按捺不住了。地眼大師冷笑道：

「這位老丈，嘖有煩言，怎不上台去比劃比劃，省得在這兒空言擾擾。」

精悍老叟淡淡地道：「少林的戒尺，在之於『戒』，若能以戒殺慈悲心，則可摧強廢敵，那小頭陀卻以開碑裂石使之，未免猛而無當；武當劍法，宜於輕緩，柔若鴻毛，蘊巨力於不著力，這小雜毛卻大斬大殺，無堅不摧，其實剛而易折也——」

他結論道：「都沒有看頭。這樣的場面，用得著我老人家出手麼——嘿！」

地眼大師和大永老人正待發作，那霍霍有神的老叟又說：「你看罷，不出三招，兩敗俱傷……第一招——」

大永老人與地眼大師不禁都張目望去。

卓勁秋和托鉢頭陀的劍和戒尺，殺了人後，就變得更淒厲，更狠辣了。

卓勁秋的劍勢，忽然一變，變得猶如落葉一片，毫不著力；托鉢頭陀卻臉色倏然大變，戒尺猶重若千鈞，慢得蝸行，但每一擊俱似萬鈞之力。

那清矍老叟卻嘖嘖有聲，皺眉道：

「哎呀不行，這劍勢太造作了，只求形式，不求神意……那頭陀敢情在賣弄，真正的鉅力，哪有如此吃重……唉，第二招囉——」

卓勁秋那軟弱無力的劍術，實則就是最利害的殺著：「一葉知秋」。他的劍若秋風，秋意平和拂臉，托鉢和尙的戒尺若盤古之斧，斧斧皆六丁開山之勢。

劍尺一碰，黏在一起；托鉢頭陀一反手，壓住劍身，「虎」地沖出一掌，打得恰是時候。

鐵衣老叟卻歎道：「頭陀敗了。」

地眼大師正要發作，卻猶見台上局勢大變。托鉢頭陀本佔上風，但出掌之際，貫注於尺之功力頓減，不意卓勁秋的劍，已順勢挑上，「噗」地刺入托鉢頭陀的腿眼，「哧」地自其宂骨穿出。

托鉢頭陀慘吼。地眼大師急掠而起，耳邊還傳來那老叟的喟息：

「這大眼頭陀輕功怎地如此差法？好好的『驚鴻一瞥』，給他使來，像大笨象過河一樣……」

然而驚怒中的地眼大師，已無及旁顧。

三　少林・武當

（「來得及嗎？」）

蕭秋水、梁斗、孔別離、孟相逢、鐵星月、邱南顧、林公子、陳見鬼還有重傷的唐肥，一行九人，全速在細雨霏霏中，趕路。

——不管來不來得及，只有全力去趕。

漫天的雨絲反映著一種金橘色，而且幻有濛濛的霞彩，該不是已近黃昏了罷？

地眼大師如夜梟的身影，衝破了細雨幻成的彩橋，投入場中。

就在這時，衣袂一閃，一人攔住。

攔的人雖一副氣定神閒的樣子，但皮笑肉不笑：

「大師，怎麼？也要撈個盟主來當當麼？」說話的人正是大永老人。

「勁秋下手雖不知輕重，卻可是堂堂正正，贏了這一場的呀，大師要教訓小孩，吩囑貧道不就行了嗎？」

這一番說下來，江湖人物更愈認地眼大師不是。要知道這些都是刀上舐血的武林中人，雖希望不致發生慘禍，但心中俱有一種野獸般的欲望，恨不得別人拚個你死我活，方才過癮，何況還有朱大天王、權力幫，甚至金人潛來臥底的人作哄，一下子眾議紛紛群情洶動：

「怎麼!?少林派不服氣麼？」

「不服氣就上台打過！」

「嘿！大永老人也上台奉陪呀！」

「徒兒不行，師父出馬啦！」

「——地眼是有道高僧，也想對『盟主』之位插一腳麼！」

這句話對地眼大師來說，不啻當頭棒喝，身為少林高僧，豈可覬覦盟主寶座？弟子既敗，難道老羞成怒，讓人譏揶為「輸不起」？——而且這一次選拔，顯然是拔擢青年一輩的高手，近日來，老一輩高人中，連天正、和尚大師、太禪、守闕、十四大掌門都紛紛遇害，教人沒了信心，反而是自成一派，與他一手栽培出來的兄弟們近年來崛起卻聲名鵲起專門打擊權力幫的皇甫高橋、專事跟朱大天王作對的南宮無傷，以及無幫無派，自創一格「神州結義」，闖蕩江湖掀起武林中驚天巨浪的蕭秋水，較能引人注目寄予信心。這次武林大會，實則上有如此默契；羅致新一代高手，領導武林精英，戮力鏟除惡勢力！

地眼大師也要爭奪，則是冒大不韙了。——地眼大師畢竟是佛門正宗，還不敢犯眾怒。

他只好抱著奄奄一息的托鉢怏怏退下。大永老人笑容可掬，笑吟吟地四圍一揖道：「我師侄勁秋才疏學淺，僥倖勝了托鉢頭陀，實屬萬幸，不知何方前輩，不吝賜教——」

如此團團揖拜，連說三次，居然也沒有人敢上台來，卓勁秋灑然一挽劍花，態度甚是倨傲。

眾人本見他殺傷少林托鉢，劍法精奇，誰都不敢招惹，但見之一副孟浪嘴臉，都心懷不忿，於是又有人躍上擂台來，捨命挑戰。

如此一連三場，卓勁秋皆輕易取勝。

這時已日薄西山，黃昏天邊，血霞赭紅。

已近黃昏。

暮色將臨。

一行八人在暮色中匆匆趕路，都是懷著悲壯的心情，大家都沒有什麼說話，可是誰的心裡都想著，不能讓襄陽城那一群有心人等待落空，失望而散。

（——快近晚了。……不知擂台已結束了沒有？）

——不管結束了沒有，都得趕去，盡份心意。

就算夜晚來臨，擂台還是繼續。

燈火四亮，水晶瓦，琉璃燈，還有燃燒如天火般的巨燭，霍霍熊熊，閃燒不已。

這時擂台上的夾板，已沾滿了血污。

比試一直持續下去，血流得更多了。

卓勁秋戰到第五場後，便發了狠，決心要殺雞儆猴，所以連殺了三個人。

到了第九場，一個青衣少年，怯生生地上了場，抱劍喏聲：「……青城派第十一代弟子……客雲凌……請卓……卓師兄……賜正。」言下不勝怯場。

卓勁秋眼睛亮了，笑瞇瞇但臉色陰森森地道：「青城派弟子麼？……你來作甚？這裡可不是鬧著玩的場合。」

客雲凌江湖經驗甚嫩，臉上居然赧然一紅。愧然道：「我……家師叫我來……來碰碰運氣……」

客雲凌一見可知是個初出江湖的少年，卓勁秋故意一剔眉，笑吟吟道：

「哦？是青城老掌門『千手劍猿』藺俊龍麼？」

客雲凌端正地答道：「……正是家師。」

卓勁秋洒然一笑道：「好……你是要碰碰運氣了，也罷，你來罷。」

客雲凌恍然道：「我……我自知不是兄台對手，……但是……家師有命……在下不得不……不得……」

卓勁秋嗤笑道：「不得不戰，是麼？」

客雲凌愁眉苦臉地答：「……是……是……」

卓勁秋托大地問：「但你明知不是我對手，是也不是？」

客雲凌臉上稍呈猶豫之色，終於咬了咬下唇，答：「……是……」

這時台下都紛紛發出竊笑。卓勁秋落落大方地說：「好罷，你放心便是，我儘可能放你一馬……」

客雲凌大喜過望，謝道：「多謝卓師兄手下留情……」如此一說，好像自己敗定了似的，台下這次是發出了抑制不住的爆笑。

客雲凌又爲此脹紅了臉。

卓勁秋將劍門一開，招手道：「來罷……你如此怯場，該有個外號叫『小生害羞』才對。」

客雲凌窘迫得拔劍時，劍身出鞘時險些兒劍鞘掉地，忙迴身一抄，及時撈住，眾人本來訕笑，卻見客雲凌有如此敏捷的身手，不禁轉化爲一聲喝彩。好事之徒更渴見弱能勝強，故意鼓噪道：

「打！打！打給他死！」

「赫！不要怕他，小生害臊，上呀！」

「那削臉小子太傲了，青城派的，快攆那雜毛弟子滾下台來！」

這一陣鼓噪，使得「一葉知秋」卓勁秋臉上，閃過一抹殺氣。臉色也時青時白。

客雲凌抱劍拱揖，劍尖向地，正是江湖晚輩對前輩的見面拜禮，卓勁秋頭微微一昂，「嘯嘯」劃了兩道劍花，胸門大開大闔，也不答禮。

客雲凌腆然挺劍，朗聲道：「請卓師兄賜教。」

卓勁秋冷笑：「你進招好了。」

客雲凌刷地一劍刺去，正是青城派劍法「直」字訣，這一劍又快又捷，卓勁秋大意未防，喫了一驚，忙引劍一帶，嗖地把對方劍鋒讓過了，但衣擺卻給劃破了一道口子。

台下眾人轟然。「好！」「一劍分真章！」「再來一劍！」「殺了他！」「讓小子知道青城劍法，不比武當劍法差！」

眾人如此嚷嚷，對客雲凌而言，確大有激勵作用，但卻動了卓勁秋的殺心。

卓勁秋目光發出淬厲的神色，劍芒一展，左一劍，右一劍，客雲凌的劍法也不弱，也左擋一劍，右封一劍，詎料格架兩劍，兩劍已遽爲八劍，忙吃力擋開八劍，八劍已變成一十六劍，如此一劍連接一劍，客雲凌實窮於應付，卓勁秋「綿延不絕」的武當劍法也發揮得精準盡致。

交手十數招，客雲凌雖盡下風，但已盡展青城劍法以赴，居然保持不敗。卓勁秋不耐，忽然以「黏」字訣將劍貼住客雲凌劍身。

客雲凌一揮未動，劍身卻爲卓勁秋所控。

這是武當劍法借力使力之精萃。

卓勁秋展動劍勢，想藉對方餘力，反殲對方，就在這時，卻忽然感到一股奇異的力量。

這詭異的勁道，幾乎吞沒了他的劍勁，使得他的氣力，宛若泥牛入海。對方竟然藉他的力，回擊自己！

——難道以「直」訣稱著的青城劍法，竟創出了「圓」的殺法!?

卓勁秋此驚非同小可，神意一懈，「嗤」地一聲，客雲凌的劍尖已刺中卓勁秋的肩膊。

客雲凌的劍術，可不似他爲人那麼稚嫩，該收就收，他傷了卓勁秋，很感愧疚，收劍道：

「承讓——」

這刹那，卓勁秋脹紅了臉。

——武當劍法，怎能讓區區青城劍法所敗!?

就在客雲凌後退的瞬間，卓勁秋巨喝一聲，掩蓋了客雲凌的低微的話語……

一道淡淡的白光，反映火焰、一閃即逝。

客雲凌慘嗥，撫胸、捂背、血湧出，他嘶聲叫：

「你——！」

火炬照射下，客雲凌臉色全白，更顯得濺血驚心。客雲凌搖搖擺擺，走前幾步，以手指向卓勁秋，眦裂而道：

「你——」

卓勁秋沈著臉叱：

「你找死！」

陡地又刺出一劍，就在此時，一人撲起，巨梟般擋在兩人之間，迴身，拍手，雙掌挾住卓勁秋的劍身，喝道：

「守擂台規矩！」

來人年輕瀟灑，清矍有神，正是主持人之一的楚楚令楚大俠。

「蹦」地一聲，這時客雲凌已仆倒地上，氣絕而歿。

楚神刀因站得近，看得分明，怒嘯道：「勝負已分，你竟如此加害——」

這時一道人影，飄然而上，正是大永老人。「這比試可沒規定先傷算輸，卓師侄拚得一傷來贏得此場，這是有目共睹的。」大永老人微微一笑又道：「卓師侄出手未免太重了一些。但場中高手相搏，生死也不過一髮瞬間，又怎能把握得到釐毫不差？」大永老人深沈地笑道：「就算先生上台，也未必能夠罷？」

楚楚令變了臉色，他既是擂台主持，且屬黑白道調停人可不便發作。一干武當關係弟子，也乘機喝彩。唯其他人卻群情洶動，尤其少林一脈，藉機起哄不已。

這時突聽一個聲音淡淡地道：

「其實這場算他贏了，也沒什麼的……只是早死一些罷了。」

一時全場都靜寂了下來。如此挺身公然侮辱武當派高手的，就算少林門人，也萬萬不敢。

卓勁秋遽然臉色煞白，怒問：

「你說什麼!?」

只見一個人站在西首一炷火炬下，熊熊火光映得臉目黃慘慘的，看不清楚模樣。這人冷冷地道：

「我說，」他一字一句地道：

「我要上台，」他一個字一個字地道：

「上台殺了你。」

「武當氣數已經式微了，」在台下一處旗杆下面，仰望獵獵飛揚的旌旗，一個鶉衣百結的老乞丐有著如此的浩歎：「少林也是。」

然而盤踞在他身邊的十來個徒兒們，卻聚精會神凝視擂台上格鬥場面，絲毫興不起感慨。

還有來回逡巡的十來個乞丐，不時跑過來，走過去，回老乞丐招呼時，每人都只搖頭聳肩攤手，老乞丐心裡納悶：「奇怪。」

「……就算蕭秋水不來，風八和見鬼，也該趕回來呀，難道……」他正尋思著，隨而被遽變的場面吸住了。

四　南宮無傷

只見黑暗中步出一人，遽爾一竄，就掠到了火光最亮處，這時火光閃熠，映照在那人臉上，出奇的柔和，出奇的俊美，出奇瀟灑……

卻給人一種陰慘的感覺。

大永老人不禁悚然問：「你……」他即刻恢復了鎮定，畢竟是一代宗師：

「閣下何人？」

那青年人的衣衫，隱然有一種暗淡的綠瀅瀅色澤：

「南宮世家，南宮無傷。」

那人緩緩解下了鹿皮製的二尺四寸中鋒刀鞘，橫於胸前，一股殺勢，窒人而至，大永老人竟然有些怔忡，在旁的楚眠月倏沈聲道：

「永老，這是擂台，請循規——」

大永老人點了點頭，猶疑地睇了在台上有些恍惚的卓勁秋一眼，飛身下台。

卓勁秋也著實感到迫人的氣勢。他決意要用語言來戳破這過分厚重的高壓。

「是南宮世家的人麼?怎麼南宮世家沒人來支持你——?」

卓勁秋畢竟是武當一脈佼佼者，一語中的，只見那俊美青年稍稍一震，姿態上也有了一絲可襲——只有一絲可襲，就在這時，台上忽響起一個流竄著無可言喻的優雅聲音道：

「他家人來不來，又有何關係?……我來了就夠了。」

就在這話語在耳邊乍響的剎那——這剎那間，南宮無傷的姿勢，又天衣無縫，無瑕可襲了。

卓勁秋額角滲出了汗。

高手相搏，互伺暇隙，比招式拚搏更重要，若是對手無暇可襲，而且氣勢如山，被擊潰的反而是自己了。

那女音一起，似起自無盡無涯，遠如天涯，然近如咫尺，卻不知怎地，眾人一齊都向那雍華清麗而臉帶悒色的婦人望去。

那風華絕代卻仍似看不清楚。

——她是誰呀?

老乞丐陷入苦苦的深思中。好像在爲鎖鎖著一件天地間祕匣的鑰匙，在索解破法一般。

就在這時，一陣令人牙酸頭麻的拔刀之聲，緩緩傳來。

南宮無傷橫著身子，橫刀拔刀。

拔刀慢緩。他眼球似發出慘綠色的光芒。

——這傢伙究竟是人是鬼！

戰無不勝的卓勁秋，此刻竟有如此荒誕的恐懼感。

爲了克服這種畏懼，最好的方法是擊破畏懼、粉碎恐懼——他發出一聲怪鳥般的怒吼，挺劍向那兩點綠色的光芒刺了過去。

就在這時，蹲在暗影角落下的老乞丐，霍然站起，雙目閃閃發光，像豁然而破解了苦思千年的問題似的，失聲道：

「——是她!?」

這時鏽刀之聲更烈、也裂，而且更刺耳、更快聒，「嘶——」地一聲，鏽刀拔出，劍芒黯、劍折、指削、腳斷、人頭落。

半瞬間，南宮無傷已砍了五刀。

五刀皆中。

卓勁秋的劍招遭攻破，想收劍，但劍被震斷，想收手，但指被削斷，想身退，但腳被砍斷，想倒下，但人頭被劈落。

一刀五斬。

五斬皆中。

這時只聞那雄踞中首、威猛如天的人道：

「好！『五展梅』。已得趙師容真傳。」

在他旁邊盈然的女子一震，側目望過去。

這一望風韻絕代，風華比火炬亮麗，不知有幾人同時「哦」了一聲。消了殺心，連武器都放下了，獨獨是那威儀堂堂的人，絲毫不爲所動。

這時那箕踞的老乞丐雙目一片茫然，兀目尋思：

「若她真的是趙師容……那威武老人又是誰呢？」

——是誰呢？究竟是誰呢！

（這小小的當陽城，居然如此臥虎藏龍？）

就在這時，一個背有六個麻袋的麻臉乞丐匆匆走過來，老乞丐一點頭，這麻子即俯近老乞丐的耳邊悄聲道：

「……稟報幫主，蕭秋水與梁大俠等，已進入麥城了。」

老乞丐沈重地點了點頭，眺視墨黑的天穹，宛若漆黑的盡處，便是破曉。

夜已深沈。

但人不散去。

眾人一顆心，如出鞘的刀，回不了殼中。

眾多的人闃寂無聲，視線只呆凝在台上那綠眼人的身上。

數百支火把霍霍地燃燒著。但沒有人出聲。良久，有人上來收拾了卓勁秋的屍體。楚大俠清了清喉嚨，才道：

「而今得勝者乃南宮世家：南宮無傷，有誰不服，可與之挑戰，贏者問鼎盟主寶座；只是——」

「只不過希望在未來比試中，點到爲止，旨在砌磋，能不傷人命，就儘可不傷性命……」

「眠月神刀」的話，根本生不了效。

而且更糟。

往後的戰役更加慘烈。

接著下去，還是有人掠上台去。

——擂台戰跟一般人平時的角逐鬥勝，心境往往是相近的；擂台戰只是把明爭暗鬥，強烈突出公開化，安排到大庭廣眾上來罷了。

——不少人都想靜觀其變，隔山觀虎鬥，然後從中取利；很多人都想上去競逐，但又怕長期消耗戰，讓敵人窺破破綻和來歷，或被敵人以車輪戰術擊潰。故非真正藝高膽大，性傲偏狂之輩，不敢一上來就登場。除非是十分自恃藝高的人。絕大部分的人則都想坐收漁利。

但是不自量力的人還是很多。而今一層一層地，一場一場的比試下去，但台上的南宮無傷仍屹立不敗，他的武功雖已高到匪夷所思的地步，可是仍有人眼見寶座爲人所拿去，心有不甘，便硬著頭皮上來死拚。

——那僅是拚死。

——拚，而死。

——而且是必死。

在南宮無傷的鏽刀下，似乎是必殺必死的。

而且已經死了六人。

殺了六場。

南宮無傷真的是南宮無傷。

他刀下從不傷人——只殺人。

一刀必殺。

一殺必死。

這時又有人飛上台去。

「晚輩華山劍派冉豆子，請南宮兄賜教。」老乞丐仰望星空，在人們捨死忘生的拚搏下，燭炬擎天的焚煙中，很少人注意到天際那寂寞的星閃。

……明天，這也是現出太陽的地方。

老乞丐心中喟息著。可是他遽然閃亮了眼睛，如星熠，因爲一行人，已風塵僕僕地，進入了群眾之中。

——來了。

華山劍派冉豆子外號「居合雙劍」，他的居合劍法乃源自無相的太極與有相的無極之周轉圓融，在華山一脈中，超出了一般同門的技藝甚遠。

冉豆子的人十分機伶，他一上來就佔後輩之禮，乃求萬一身敗，南宮無傷不致痛下殺手，以他的過人輕功，至少可以躲得過去。留得青山在，不怕沒柴燒，是他處事立身的原則。

對方只是陰冷地橫刀於胸，絲毫不理睬他的言詞，他心中懊惱，但也悚然而驚。

在三年前終南劍派挑戰華山劍派一役中，鬥劍七場，連勝五場，懾伏了終南劍派掌門人「九州遊龍」有子敬、「十方騰蛟」有子健兩兄弟。七場比劍中，冉豆子共戰三場，而且三決三勝，連對方副掌門有子健，皆在他劍下落敗。

那還只是他三年前的劍術。

可是他現在已衝決了十次——十次劈殺，對方的鏽刀，依然發出令人牙酸之聲響，輕易格過之後，又收入刀鞘之中。

冉豆子滿臉如豆般的大汗。

——沒有辦法！

——這傢伙的刀法簡直不似人使的！

不管居合劍術如何無相、有相，對方刀勢不變，一擊必破。

這時擂台下已萬分緊張，屏息凝視，因為自從冉豆子上台後，是唯一個逼得南宮無傷連出十刀招架的人。冉豆子仍未落敗。可是南宮無傷也沒攻過一刀。

——只要南宮無傷一擊不中，冉豆子是不是有取勝的機會？

「很難，」台下人群中的淡青衣粱斗，如此疲寞地微微歎道。他身旁風塵僕僕的蕭秋水，也爲南宮無傷刀勢之縱橫而迷惑。

「這柄橫向天笑的刀，因是鏽蝕的刀，反而可將人心中刀意盡情發揮，」蕭秋水眼神中一陣迷茫，又一陣慧黠：

「這南宮無傷的刀，比該世家的『七傑』加起來都厲害一些。」

「按刀術論：」孔別離是關東刀法名家：「這刀意並非南宮世家所能有；這刀勢一擊必殺，是望道始知天地寬的宗師才能創。」

「好刀法，」蕭秋水首肯：「要勝之，除非沒有刀法。」

——混沌初開，既生一切，亦無一切。

——是故高手相搏，無招更勝有招。

南宮無傷忽然出刀！

終於出刀！

冉豆子本已拚死接他一刀，但這一刀之遽，令聰明機警過人的冉豆子，也來不及接這一刀。

沒有令人牙酸的聲音——這一刀竟是連鞘刀法！

巨力劈下，冉豆子雙劍交叉，全力一架。

「喀喇」一聲，雙劍齊折。

冉豆子飛退，一面退、一面叫；

「我敗了、我服了……」

可惜南宮無傷絲毫不因為對方敗服以及求饒而有所動，他先用連鞘刀破了居合雙劍，再發出那令人膽寒的鏽刀磨鞘之聲，拔刀而出！

刀風激火。

火勢定時，冉豆子已伏屍當場。

「神刀大俠」楚楚令舔了舔發乾的嘴唇，沈滯地呼道：

「南宮無傷勝——」

如此連呼八次，俱無反應。群豪情知再呼兩回，如無挑戰者，即是南宮無傷任盟主一職，眾下心中不服，但又懾於南宮無傷殺氣，鴉雀無聲。

這時已呼到第九遭，忽聽一個冷沈的語音道：

「等一等。」

稿於一九八〇年四月二日

台視拍攝「神州社」後三天

校於一九九三年七月廿三日

怒悉數弟妹所作所為／再遇孫與文娟／一社友固執頑冥，可哀甚矣／武俠世界將連載「棍」／令人失望，意欲暫解散派中外圍組織／火山遇挫，天網恢恢，報應果爾

修訂於九八年一月二至三日

商討渡新年大計，為各路兄弟們交往最「靜」時期，好低調，余有心，決定珠海渡／因門燈事與樓上炒大鑊，唔怕惡人惡時惡／電洪投訴惡客，鬥惡

第五章　擂台

一　皇甫高橋

這說等一等的人，就站在一柱火炬下。

火光熊熊，但此人背火光而立，黑幢幢的巨影，叫人無端生有一種恐怖感，只有火光中不明確的輪廓，看不清臉目。

——難道又是一個：沒有臉目的人？

這人無疑比南宮無傷穩重閑雅多了。他一步一步地走上台去。蕭秋水靜觀那人的背影，心中卻很奇異地生出一種幻覺來，彷彿他跟此人很熟悉：他見過此人！

這種很熟稔的感覺很快便得到答案：

因爲南宮無傷眼中發出盛厲的綠芒，問：

「你是誰？」

那人的聲調卻非常富於感情但又善於壓抑自斂，答：

「皇甫高橋！」

——皇甫公子！

連蕭秋水心中也不禁一震；他想到了十日前大雁塔中的血案。

「皇甫公子到了！」

「皇甫公子才是實至名歸！」

「皇甫公子爲我們一戰！」

也許只有蕭秋水、皇甫高橋等，才能獲大眾的支持，眾人見皇甫高橋出現了，歡呼不已，大多數的人對皇甫高橋只聞其名，未見其人，故此莫不求一睹。蕭秋水心中就算再豁達，也難免有些黯然。

——皇甫公子很得眾望。

他心裡如閃電般忽憶及一事。大雁塔疊不疊，潘桂，黎九、齊昨飛，蒲江沙、刁金保、刁怡保等，在長安城中鞠躬盡瘁，爲皇甫公子宣揚鋪路，皇甫連軍師疊老頭兒都出動了，皇甫高橋真的不知？

他這個想法一閃而逝，因爲他發現一雙怨毒的眼睛正在歹狠地盯住他，正是在終南山下血案中唯一生還的齊昨飛！

蕭秋水這時不知怎地忽然念及在「太白樓」齊昨飛等人出現時，也是這一句：

「等一等。」

南宮無傷仍是橫刀當胸，神色森冷：

「皇甫高橋你果然來了。」

皇甫高橋走上了擂台，頎長、清瘦的軀體依然背向擂台，沈靜笑道。

「我當然來了。」

南宮無傷道：「你終於來了。」

皇甫高橋道：「我如此來了。」

南宮無傷忽然打了一個岔道：「可惜你原來並不是皇甫一系的人。」

卓勁秋對付武功深沈如海的南宮無傷時，也因看不出對方的破漏，故意用話相激；在南宮無傷面對如山般恢宏的皇甫高橋時，也是故意用語言去擊潰對方——只要對方因激怒或氣沮，稍為鬆懈，

則可以乘機一舉搏殺。

誰都知道戰鬥已近尾聲，武林中再也找不出比南宮無傷、皇甫高橋等更高的好手。

所以南宮無傷對皇甫高橋的一戰，很是重要。

與整個武林命脈攸關的一役。

大家都屏息以待。

皇甫高橋冷靜如鐵石。

南宮無傷瞄了瞄，仍橫著刀說：

「你硬要擠入皇甫一系裡，只是爲了要在白道上有個名分可以立足，如此你才可以具備爭取這『神州結義』盟主的資格……可惜卻偏偏遇著我。」

皇甫高橋沒有承認，也沒有否認。

南宮無傷臉上盡是痴狂之色，但眼神銳利，綠光暴熾：

「你一定在奇怪我是怎麼知道的……我當然知道，我還知曉你是朱大天王派來扼制武林的傀儡！」

此語一出，實是轟動，一時竊語紛紛。南宮無傷惻惻地笑道：

「我還知道你利用武林同道，並運用朱大天王的部屬，故意縱容，來替你行好事、吹大氣，好宣揚你的俠名……是也不是？」

皇甫高橋身軀雖不十分高大，但從背後看去，卻深沈不透，宛若一座大山一般。

南宮無傷目中已有一絲畏色，很快地又被野獸一般綠色厲芒所掩蓋：

「……你還故意命人殺害自己的部下，讓蕭秋水的名聲大受打擊，——是也不是!?」

皇甫高橋忽然說話了。

「祥實。」

「我跟蕭秋水本來就很相似。我扮他去殺人，敢情連他自己都以爲係他自己殺的。」

「不過我也清楚你因何知道這些……因爲你，就是權力幫豢養的走狗！」此語一出，群情更爲轟動，皇甫高橋又道：

「而且蕭秋水等人現刻未到，就是被你們南宮世家在半途截殺了！」

南宮無傷臉色盡白，澀聲道：

「你……你……你怎知道這些!?」

皇甫高橋冷笑道：「我不知道的事，還少得很。」

南宮無傷冷哼道：「而今我們倆，都不是什麼英雄好漢，誰活得下去，誰便是盟主。」

台下一陣騷動。

「欺世盜名的東西，咱們才不要你們！」

「什麼盟主嘛，都是殘害忠良的東西！」

「滾下來，別玷污了擂台聖地！」

但是誰也不敢上台挑戰。皇甫高橋淡淡地道：「天王的意思，本就有盟主可做，則撈一個牽制武林的名位；如果不能，則鬧個天翻地覆，讓天下不成局面……」

南宮無傷也哈哈笑道：「而今我們，兩人最後對峙，都不是什麼白道中人，倒成了朱大天王和權力幫的對壘，哈哈哈……實在可笑啊可笑！」

皇甫高橋仍冷靜地道：

「不過……可笑歸可笑，不管朱大天王還是權力幫，總要分個勝負。」

笑容漸自南宮無傷臉上斂去：

「何止勝敗……應分個生死。」

說完了這句話，兩人都沒有再說話了。

連台下的人，也如死寂。

一種無聲無息的殺氣，漸而掩蓋了全場。

只有火苗在「撲、撲、撲」地躍動著。

兩人身影不住跳躍著，猶如毒蛇的長信，早已相互攫擊了數十次。

然而兩人其實都沒有動。

這武林正道所設的擂台，竟然是兩大黑道邪派高手的決鬥之地。

皇甫高橋始終背向台下。

臉向台下的南宮無傷在火光映照裡，臉色倏忽不定。

這氣氛一直膠著似的。

然後南宮無傷緩緩拔出鏽刀。

又發出那種刺耳的刀磨聲。

就在此時，皇甫高橋手腕一掣，竟翻出一柄刀。

一柄刀鞘鑲有七顆鑽石的魚鱗紫金刀。

刀長一尺九寸，比鏽刀還短。

就在這時，南宮無傷的刀已全抽出來，一刀當頭斫下！

皇甫高橋未及抽刀，舉刀一架。

但是南宮無傷的刀，居然是削鐵如泥的寶刀。

一刀兩斷。

兩段的是皇甫高橋手中的魚鱗紫金刀。

刀斷刀，人卻無傷，皇甫高橋搶位，倒踩九宮，兩人交錯而過。

這時變得皇甫高橋臉向群眾，南宮無傷背向大家。

兩人交錯的身形、以及凌厲的刀風，使得煙火急捲。

眾人可見皇甫高橋的臉容陰晴不定，動幌不已。

但是蕭秋水卻差點驚叫了出來——他給這突如其來的錯愣，簡直整個人震住了、懾住了、呆住了、愕住了！

他張口欲呼，卻成了千呼萬喚的無聲！

這時兩人又動了。

南宮無傷挾著一刀斬斷皇甫高橋兵器的餘威，全力出擊！

就在這時，皇甫高橋雙掌交錯。

巨飆狂捲，所有的火炬，同時幾爲之滅。

南宮無傷只覺眼前一黑，頓失敵人所在。

代而換之的是一種可怖的恐懼感。

就在這剎那間，一劍如同白練破空，「篤」地刺入他的心房，「哧」地連著血水，自尾樑骨凸露出來。

這時群眾只覺一窒，隨而火光又一盛，再回復正常，皇甫高橋已自南宮無傷體內，拔出了長劍，迅捷地收回袖中。

皇甫高橋冷冷地向南宮無傷捂胸的悲容說：

「我用的本就是劍，不是刀。」

南宮無傷想說話，無奈一張口，卻噴出一口血箭。

血箭激噴，連皇甫高橋也不及退後，濺得血跡斑斑。

南宮無傷卻轟然倒地氣絕。

這時台下卻發出一聲不知是驚駭、還是喜悅，或是苦楚、抑是興奮的呼喚：

「哥哥！」

呼叫的人是蕭秋水。

他這猛呼一聲，就連梁斗等人也嚇了一跳。

他叫的人是蕭易人。別的人也許還能認不出、看不清，但他一眼就看得出、認得清：是蕭易人，沒錯，就是蕭易人！

台上的「皇甫公子」就是蕭易人！

蕭易人借掌風一激之力，擾亂南宮無傷視線，再一劍搏殺之，以爲無人識破，正在躊躇滿志之時，忽聆一女音清脆但有一種說不出的冷傲如雪的哼道：

「『一心劍』！是朱大天王的殺手鐧！」

蕭秋水那大叫一聲，就在此時響起。

蕭易人聽得一震，不由自主地，「錚」地拔劍而出。

劍作龍吟，久吟不杳。

這時全場都靜了下來，直至劍吟音絕，眾人才開始議論紛紛：

「蕭秋水來了！」

「他才是眾望所歸……」

「可是台上是他的哥哥呀！」

「蕭易人不是浣花派的大將嗎！怎會……」

「哈！啊！蕭家的人改姓皇甫，爲的是什麼……這可怪了！」

蕭秋水乍然發覺台上的人是他尋找已久的親兄長，真是驚駭無已，再乍聽那冷傲如雪的聲音，又以爲是唐方，在這人事縱錯迷離的刹那，他只有感到唐方才是他真正的依憑，不禁血脈賁張，張口欲呼：

——唐方！

然而他張眼望去，不是唐方！

是一個風華絕代的女人，姿色中隱透一種蓮華般的楚美。……可不管是誰，只要不是唐方，那……蕭秋水好似一下子掉到冰窖裡，而視野裡只有黑衣的親哥哥——蕭易人，杖劍於台上，冷冷地盯視著他。

這時的武林，可以說顛倒紊亂，是非十分紛擾不清。蕭秋水本有清譽，卻在大雁塔血案的傳言中，已被誣衊成一個「為爭盟主而不擇手段的沽名釣譽之輩」。這種情形，大概只有幾個人明白。蕭易人本人當然明白，因為事情是他一手搞出來的。蕭秋水只來得及頓悟，難怪大雁塔中疊不疊等都指他為殺人兇手，蕭易人跟他是兄弟，本來長得就很相似，何況兩人都學得蕭夫人之易容術，蕭易人故意利用疊不疊等自願替他宣傳，以致聲名大鵲，但事成之後即假冒他人，殺人滅口，以致一石二鳥。一箭雙雕——這倒是現刻擂台下齊昨飛所大悟到的。

可是一般群眾，還不明白所以，只見這浣花劍派兩兄弟對壘之局已形成，以為又有好戲開鑼，大是奮亢，鼓噪莫已。

——在這種激烈煽動，慫恿場面裡，人，還能不能仔細思考、冷靜處理呢？

——兄弟鬩牆，能不能避免呢？

——流血，能不能減少呢？

蕭秋水第二次喊：「哥哥！」

在台上的蕭易人淡淡一頷首，算是招呼，即問，「你想怎樣？」

蕭秋水一愣，重覆了一句：「我想怎樣？」

蕭易人生性多疑，以為蕭秋水有意諷弄，冷笑道：「老三，你敢與我爭強麼？」

蕭秋水惶然道：「三弟不敢。」

群眾嘩然，蕭易水冷峻地道：「既然不敢，就給我站到一邊去。」

這時群眾又有人呼嚷起來：「別怕他呀！」「上啊！」「哥哥又怎樣，誰強誰稱王！」「別管他，他不跟他老子姓，就不是你哥哥！」

這時有約莫一、二百人排開群眾，魚貫步至蕭秋水身前，紛紛抱拳與蕭秋水招呼，便靜靜站在他身後。

這些人原來都是熟人，肥碩和藹的便是「好人不長命」胡福、黑不溜丟的便是「鐵釘」李黑、高眺白皙的挽髻女子便是「雜鶴」施月、吊兒郎當的長髮懶漢便是「舞王」吳財，還有一人，呵呵行來，光頭大肚，正是大肚和尙，還帶了個女子走來，那女子正是蕭雪魚。

如此近二百人站在蕭秋水身後，神色堅毅，他們在此苦待蕭秋水至，已非一日，眾人向蕭秋水抱拳見禮，也出自至誠，這些人都是滿腔熱血、只賣給識貨的人，其中一名清秀女子越身而出，清朗而英颯地道：

「小妹伊小深，原是唐潔之唐大哥義妹，而今帶領唐大哥一干人跟蕭大俠，有任何差遣，水裡水裡去，火裡火裡去，有半個不字，陰曹地府裡，也沒臉目見唐大哥。」

蕭秋水聽得心頭一熱。他還記得這女子，便是峨嵋山上，饒瘦極所暗殺的「銀戟溫侯」唐潔之的義妹。蕭秋水見如此這般對武林寄了滿懷熱望、殷切期盼自己的武林同道，宛如以前自己「錦江四兄弟」闖蕩江湖的時候……一樣的義薄雲天、心意相通，不禁甚爲感慨：

——哎，錦江四兄弟，唐柔死了（後來還死了唐朋、唐猛、唐大，傷了唐方）、玉函也歿了（而他哥哥鄧玉平居然是內奸！），連左丘也背叛了（還連同羅海牛，殺了殺仔），只剩下了自己孑身一人。

蕭易人從上面俯瞰下來，看見那麼多人傾向蕭秋水，以爲他故顯身世，砸自己的場，當下怒極，但不動聲色，鐵青著臉，呼嘯了一聲：

「山崩地裂。」

這句話本來是一個暗號，暗號一發，「皇甫公子」的人即刻搶登擂台，全力護駕。

可是他發出那句話，卻如石沈大海。

其中只激起有些人，你望望我，我望望你，一時不知集合好、還是不集合好，其中有些人，臉上有不豫之色，更有些人的臉上是不忿之色。

——只聽一個極端蒼老、虛弱的聲音嘶力地問：

「皇甫公子——你！你有沒有殺自己的弟兄——!?」

問他的人是一個翡鬚灰白的老頭子，坐在竹橇子上，但背躬如駝，才沒說幾句話，就嗆咳不已，很是辛苦，蕭秋水認得他，這人便是大雁塔血案中大難不死的疊老頭兒：

「你當時幪面在我背後打了一掌……還殺了黎九、潘桂他們，卻聲言你是蕭秋水……但是後來……」他用顫抖的手指指向蕭秋水，聲音十分激動：

「他倒是進來，以本身內力保住了我的元氣……那分明不是他幹的！而那幪面人的聲音，卻跟你一樣——要不是南宮無傷說起，我當真還分辨不出來……」

齊昨飛厲聲問：「我們爲你鞠躬盡瘁，死而後已，你……你爲何要這樣殘害我們!?」

蕭易人也不否認，冷冷地道：「沒有爲什麼，在武林中，不用點奸計，何以成名？俗語有道：『成者爲王，敗者爲寇』，不幸我現在被權力幫的狗腿子識穿，要是我已成了事，哪還輪得著你們來揭穿……」

齊昨飛嘎聲顫問：「那……那你昔日在金陵樓向我們藉酒醉大吐苦水，說你心有大志，唯權不足，故無法得行大事……都是……都是有意暗示我們為你宣傳、利用我們為你打好名聲了……!?」

蕭易人淡淡地道：「是你們自己要去做，我可沒有強迫你們這樣做。」

疊老頭兒氣得印堂發黑，慘笑道：「沒料我疊不疊，不長眼睛識人……臨老騙了如許多赤膽忠肝之士，為這樣一個喪心病狂的傢伙效忠，我……」忽然向天長笑，笑聲一竭，一掌向自己天靈蓋拍擊下去，腦漿迸濺，溘然身亡。

蕭易人卻連眼睛也不多眨一下：「大丈夫當以功名求富貴，無名怎可以在江湖上混？要成名，當然要耍手段，這點都看不透，早就該死了，活到現在，真虛長了一輩子！」

二 三兄弟

忽聽一個聲音沈實中帶有激動，問道：

「你究竟是蕭家的人，還是皇甫家的人？」

蕭秋水乍聞這個穩實的聲音，大喜過望，果真蕭開雁，背插雙劍，穩若泰山地站在人群之中，瞪住台上的人，一字一句地問。

台上的蕭易人又是一震。卻聽台下那矍鑠老人嘿嘿笑道：

「他幹嗎要作蕭家的人？他在蕭家，名不成，利不就，而且還給權力幫殺得全軍覆滅，成不了大事，投到我們這邊來，我教他武藝，給他錢財，讓他仁義滿天下，坐待武林盟主寶座，要不然，做個長江七十二水道、黃河三十三分舵、大江南北的山大王，兩人之下，萬人之上，何樂而不爲哉！你說……當蕭家的人，比得上當皇甫公子麼？」

地眼大師禁不住霍然而起，喝問：「你……究竟是誰？」

那精悍老人一笑不答。那老乞丐即驟然跳起來，好像想到什麼似的，直跳了起來，足有一丈高，他的大叫引起全場的驚震！

「他是長江七十二水道、黃河三十三分舵總瓢把子！別放走他！他就是朱順水！」

這時一場皆驚。紛紛起而圍之。那黑衣老人神色自若，淡淡笑道：

「不錯，老夫就是朱順水。」

他擺擺手，安然而坐，笑道：

「我不走，別緊張。武林盟主若沒有結果，我根本就不想走。」朱順水凌厲的眼神一掃，欲欺身而上的數名高手不禁魄散魂飛，全身發軟，雙腿進不得半步。朱順水又笑說：

「皇甫高橋——或者是蕭易人，不管是誰都好，總之是我朱順水的弟子，今日你們沒人勝得了他，武林中便無足領導武林的人物，所以天下正統，應歸於我朱順水的，就算你們不封他爲盟主，我朱順水也自封爲王，輪不到你們說話。」

「胡說八道！」那老乞丐跺著腳直嚷道：

「混蛋加十級！」

「裘老幫主：」朱順水悠閒地笑道：

「你省省氣罷。如您老親自上台，我朱順水倒要領教領教。」

群豪又是爲之一愣。「裘老幫主」!?莫非這看來毫不起眼的「老乞丐」，就是昔日跟少林天正，武當太禪三人鼎足而立的「神行無影」裘無意!

——連丐幫的幫主也來了!今夜的當陽城，是何等風雲色變!

眾人因朱順水的出現而被吸引過去時，蕭開雁依然端靜地問話（蕭秋水卻見到他的二哥雙肩不停地起伏著……他真的能心平氣和嗎?）：

「爹媽方才過世……待你恩深如此!而你竟爲了這一點虛名，而不借跟三弟爭鋒，認賊作父，連姓氏也不要了!?」

蕭易人冷笑道：「大丈夫能行非常事，方爲非常人……何況，我也是爲了有靠山好對付權力幫。」

「很好；」蕭開雁不甘地望向他大哥（蕭秋水發覺這索來冷靜的二哥，眼圈紅了）：「我還聽說爹娘是死於朱大天王之手，你不報父母深思，反而要認賊作師，不怕天下人唾棄恥笑麼!」

蕭易人的臉龐猶如數十條蟲在蠕動著，在火光的映照下，出奇地猙獰：

「隨你怎麼說，你看我武功，是不是一日千里?人望高處，水往低流……待紮好了根基，再圖恢復家聲未遲!」

「大哥，大節不可有失。」蕭開雁的聲音輕而激昂（蕭秋水瞥見他二哥兩行淚已掛至厚實的臉頰）：

「否則，我只好代爹娘處理你了。」

「哈哈哈……」蕭易人大笑不已，吐出來的勁氣震得火把幌惚不定，他像遇到生平最可笑的事兒一般，笑得上氣不接下氣，喘息道：

「……你這是大義滅親罷？」他又笑了一輪，笑得讓人感覺到他的神經繃緊得不似人形，令人毛骨悚然起來：

「那你好好替天行道罷，莫反讓我給滅了親……」

蕭開雁沒有再說話。

他只是緩緩地解開雙劍，以白布反紮前額（川人紀念諸葛亮，故以白巾繫額念之，每有莊嚴祀祭，更縛此以示一往無前），向蕭秋水處望了深深一眼，即大步向擂台走去。

「二哥！」

蕭秋水喊。

蕭開雁一旦開步，即不再反顧。

「二哥！」

蕭秋水排開眾人，搶上前去，只見蕭開雁兩行清淚，已簌而落至下頷，而雙眸裡仍有淚光，直視擂台，不理蕭秋水的呼喚。

「二哥——！」

蕭秋水摧心裂肺地呼叫。這時一陣狂風吹來，火炬閃滅得如飛鳶一般，幌搖不已，原來是一陣晨風，而黎明快要到了。

蕭開雁交叉著胸前的黑白雙劍，大步踏上擂台。

蕭易人望著蕭開雁厚實的胸膛，笑道：

「老二，你愈來愈結實了——」

（他心中想到的卻是蒼山之敗……他大好前途，都毀在那烈火與濃煙裡，部下死的死，傷的傷、逃的逃、降的降，而他要蒙受屈辱，讓天下人都知道他蕭易人是敗軍言勇，反不如他那不學無術、遊手好閒的三弟蕭秋水！——爲此他要吐氣揚眉，以雪前恥，轉而投入朱大天王麾下，有何不可!?這看來誠實的傢伙，竟以蕭家的名義，來阻止他？爹媽都已經過世了，自己是老大，憑什麼要他們來管！）

他愈想愈氣，表面卻不慍不火，木石般沈冷。

這時蕭開雁已踏到擂台上來了。蕭易人望著這素來敬服自己的弟弟，濃眉大目，自以爲是，禁不住咆哮一般地道：

「你真的幫老三，不幫我？——」

蕭開雁沈聲道：「我是浣花蕭家的人，我幫的是浣花劍派一百三十餘年來的長存浩氣。」

蕭易人冷笑：「我也是浣花劍派的人啊。」

「不是。」蕭開雁緩緩地搖首：「不是。」

「你是皇甫高橋——朱大天王的人。」

蕭易人額上滲出了冷汗，怒極反笑：「你是我的對手？」

蕭開雁沒有答話。他交叉的雙劍，一後舉過頂，劍尖橫直，遙瞄蕭易人，前劍卻作齊眉而舉，遙指蕭易人眉心穴。

蕭易人再也沒說話，長劍斜指三尺之遙地上，左手輕搭於右臂，陷於沈思狀。

那雍華絕色女子凝視場中陣勢，道：

「蕭易人『二天一心劍法』，已有七成火候，可是蕭開雁秉性耿直，自幼練雙劍，要破『二天一心』，只要洞察機微，並不太難，可惜……」

朱順水豪笑道：「可惜蕭開雁的資質，仍是有問題，他使的黑白雙劍，若是夠聰

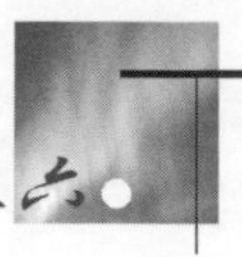

明，早已改換劍路，兼走陰陽，一定會好多了。」

大永老人瞠目向那女子問：「妳又是誰？」

那女子笑而不答，凝注台上，朱順水大笑震得後排群豪紛紛坐立不穩，連連跌退：

「世間上還有敢批評老夫劍術的女子，除趙師容外還有誰!?」此語一出，全場盡驚。

這時擂台上已發動了。

蕭開雁的姿態是攻的姿勢，所以他先發動。

蕭易人的劍勢是後發制人。

他在蕭開雁出招前剎那間的剎那間出了手。

一剎那是彈指間的六十剎那。

一剎那間的一剎那，不知有多快，但蕭易人卻能把握住了。

而且把握住蕭開雁的攻擊點。

所以他能截去來招，並封殺對方。

因此也等於把握住生死。

故此蕭開雁死了。

蕭開雁沒有馬上死。蕭開雁重傷時並沒有呼痛，但大叫了一聲：

——老三，浣花劍派沒有叛徒……

然而蕭易人第二劍已殺到。蕭開雁的臉裂成兩片，隨著濺血，還有一聲迸裂而中斷的慘呼：

——也不能有叛徒！

聲斷，人亡。

奇怪的是蕭秋水所想到的，卻不是蕭開雁的死，而是別的事。

他想起的是峨嵋山上，蕭開雁跟他敘述的故事。

那是武林中姜大和姜二的故事。

故事很簡單。姜大和姜二本是好兄弟，後來兩兄弟都成了大名後，互相猜忌，以致相互攻擊，最後乃爲權力幫所滅。但權力幫七個創辦人中，也爲此犧牲三人，如果這對兄弟不互耗實力，其結果可想而知。

最後，蕭開雁曾結論道：

「每個人有每個人做事的一套方法；」

「只要你信任他，便由他做去。」他殷實黝實的方臉堅毅無比：

「我告訴你這個故事，倒不是指我們兩個，而是大哥和你的性格，磨擦較多，從辦十年會一事，便可發現：」蕭開雁還說：

「他在點蒼之敗，引為畢生之憾，現處於失意期間，不應再刺激他。」

「我瞭解。」當時明白了蕭開雁的深意而深深感動著的蕭秋水答：

「如果我見著大哥，盡可能會讓他。二哥不用耽心。」

「那我就放心了。」那時蕭開雁如此欣慰地答。

……

而今蕭開雁當先挑釁蕭易人。然後為蕭易人所殺。剩下自己了……

——該如何抉擇呢？

就在他宛若掉進泥淖般的陷入不能自拔的深思中時，忽聽一聲女音哭呼：

「你……對得起爹娘!?」

三 蕭易人

淒呼的人是蕭雪魚，她悲酸的臉頰已掛滿了淚光，而且已如箭矢一般掠上了擂台，向蕭易人撲來。

「找死！」

蕭易人如此斷喝。

蕭秋水在迷惚中，一驚，掠起。

劍光閃，如匹練破空。

蕭雪魚哀呼，淒然倒下。

大肚和尚厲吼，叫：

「雪魚——」

不顧一切，揮掌劈向蕭易人，這時蕭秋水已扶住倒地中的姊姊。

蕭雪魚慘白著玉頰，只說了一句話，就失去知覺了。

「浣花蕭家，就靠你了。」

蕭秋水虎目盡淚，猛抬頭，大肚和尙身上已掛了多處傷口，血珠子迸濺。

「住手！」

蕭秋水發出一聲鋪天捲地的巨喝。

果真住了手。

蕭易人明明想控制自己不聽他這個「不成材」的弟弟之意念，但手下不知怎的，竟不受控制般止住了。

——也罷，先且住手，聽他要說什麼。

蕭易人禁不住如此替自己解釋，像不如此作個分辯就無法對自己的恐懼感作出交代一般。

蕭秋水攬住大肚和尙淌血的身子，只問了一聲：

「你可記得……廣西五龍亭之役？」

「記得。」大肚和尙忍痛卻爽然說道。

……在七星湖之役，連廣西五虎都誤會了蕭秋水，權力幫屈寒山等佔盡上風，蕭秋水簡直是孤立無援之際，但，大肚和尙仍不顧一切後果，堅持要站住蕭秋水那邊，並肩作戰。……蕭秋水跟大肚和尙相識十數年，大小百餘戰，但大肚和尙始終沒有背叛過他。尤其七星湖五龍亭中一役，在眾人皆欲殺之時仗義搶救，不顧生死，此情此義，蕭秋水夢寐不忘。

「你挺得住罷？」

「挺得住。」

「好。」

「挺住看著你把這禽獸不如的東西除掉。」

「好。」

「大丈夫這當兒，不是婦人之仁的時候了。」

「好。」

蕭秋水，返身，面向，蕭易人。

蕭易人，冷笑，劍指，蕭秋水。

「我很後悔；」蕭秋水說：

「後悔我爲什麼要等到姊姊和二哥倒下了才出手。」

「一樣；」蕭易人道：

「你什麼時候出手都一樣。」

台下。

朱順水道：「蕭易人畢竟長蕭秋水十年，十年辛苦不尋常；蕭易人的十年米飯，不會是白吃的。」

趙師容道：「可是武功不等於吃飯，一點都不等於。約己博藝，無堅不鑽。如果多活幾年就能無敵，那天下第一高手就是隻烏龜。」

徹骨的寒冷。

東方自魚肚白之後，初昇起一片殷紅。

晨曦的血紅，隨著晚風的吹拂，一切穆靜得如青塚孤墳。

蕭易人忽然劃出一劍。

火焰「虎」地幾滅。

這是示威的一劍，在氣勢凌絕時，蕭易人和身撲上，展示他的「天狼殺法」！

就在這時，蕭秋水猛揮劍。

也在同時，旭陽在闃寂中，忽然一躍，在清靜的地平線上，露出金芒來！

那金虹般的一抹——旭陽映在劍上，帶過一道弧形，照射在蕭易人眼簾中！

——看不到!!!

此驚非同小可，右手一痛，拇食二指已被斬斷，長劍應手而落。

蕭秋水沒有再追擊。他凝視著雲端的變化。憶及唐方的柔髮。或無所思。（——這一劍，當名之爲「唐方」。）

蕭易人驚恐地睜大了眼，撫傷、退後，蕭秋水拄劍於地，仍然沒有追擊，卻驀然下跪，垂泣道：

「哥哥，我求你，回到浣花來罷……」

他話未說完，蕭易人也「噗」地跪下來，汗下如雨，啞聲道：「我錯了……」

蕭秋水自幼未得他大哥和顏悅色過，一見這等情形，忙跪前攙扶，只聞蕭易人泣道：

「我錯了……」

蕭秋水一時不知如何安慰是好。蕭易人悲聲飲泣道：「……我錯在沒有在你武功仍差的時候就殺了你！」

蕭秋水一愣，蕭易人一伸手，一拳打在蕭秋水鼻樑上。蕭秋水鼻血長流，淚眼模糊，抓劍要攻，但手中長劍已被蕭易人劈手奪了過來。蕭易人獰笑道：

「饒是你精似鬼，還是要栽在我的……」

蕭秋水聽聲辨影，反手一掌，「砰」地擊中蕭易人胸前。蕭易人「嘩」地吐了一口血，卻因金絲甲護胸（在《江山如畫》中，蕭秋水在雲南即以此浣花至寶之一，避過「佛口神魔」梁消暑之毒針），消去大部分掌力，揚手一劍，「二天一心」，「刷」地斬中蕭秋水！

蕭秋水長嘯，危難中忽然抄出懷中一物，不顧一切，直刺出去！

此時蕭秋水因鼻樑劇痛，腰脊受劍斬之傷，武功已大打折扣。這一個突刺，理應不能命中，唯此時旭日普照，光躍大地，照得蕭秋水手中那物燦然一亮。

蕭易人的眼也爲之一眩，尖聲叫：

「天下英雄令！」

心裡怔得一怔，而右手受傷，左手使劍不便，緩得一緩，那令旗的尖牌，已刺入他的心口！

蕭易人是何許人也！他在未識朱大天王之前，已經是領袖群倫的青年俊傑，機智過人，應變神速，被刺中的刹那，所有的神經一齊刺痛，他就利用劇痛的刹那，全力一吸氣，倒翻了出去——

黑衣飛飄，他倒翻出擂台——

（只要能安然落地，再圖報復。）

但就在這上下之間，人在空中之際，忽然一道人影，迅若流星，刀光一閃，斫中蕭易人，蕭易人狂嚎，劍向後反刺，「噗」地把背後的人刺得透明窟窿，兩人一齊呻吟，滾落下地去。

蕭易人辛苦掙扎，向後看去：

——是齊昨飛！

齊昨飛的九環大刀，仍嵌在他身軀內，他可以感覺到那刀鋒是何其酷冷，何其無情。

齊昨飛喘息著，用得雪大仇的狠毒眼睛盯著他，大口大口地吸著氣，苦臉。皺眉、歪曲著臉肌，艱辛地道：

「……你暗殺這麼多……兄弟，……我……暗殺……你……」

說到這裡，目光逐漸散亂，萎然倒斃。

蕭易人卻還沒有死。

他的感覺就如把一柄燒灼的刀子浸在燒酒裡一般。從前他年少的時候，還不懂得什麼叫欺詐的時候，曾經因爲嚮往古城一種叫做「燒刀子」的酒，豪氣霓生。殺了大敵之後，也曾和一班意氣飛揚的年少酩酊一番，不醉不散。現在他卻有醉醺醺的感覺。可是很痛苦，那燒灼的刀子，就炙在他體內……

齊昨飛的九環大刀，還遺留在他體內……唉，實在不該那麼大意的！

他朦朧模糊的視線中，看見一切似乎都慢了、歪曲了；他的三弟奔下台來，驚愕、傷悲、挾住他，但不及真正碰觸他，他知道他自己傷得太重，已氣息奄奄，不堪一觸了。

……他看著他弟弟那張眉斜飛入鬢、凜烈的眼，還有一張多情的唇，以及唇上漸形成濃烈得意如眉的鬍鬚……他這個「長不大的老三」，竟比他還清揚有力……他忽然覺得很傷心，他，捱了這許多年，籌劃了這許多日子，因爲際遇不好，他就要死了，一切都要過去了。一切都變成屬於他這個弟弟的了。他很不甘心……

人物綜錯，衣鬢恍惚。他憶起青年時，跟弟弟下榻客舍，三人在房裡縱論江湖事，立志要做大事，興奮得一夜未眠……遠處有雞啼聲了麼，暖風好寒，是催促他上船了罷？

他不禁說：

「好寂寞啊……」

晨霞艷麗絢爛，漫天塗抹，晨鳥翺翔，青山猶沈沈……然而蕭易人，卻，死了。

蕭秋水的淚眼望天。

他這個自小最崇拜的哥哥，臨死前，說了一句和章殘金死時一模一樣的話：

「好寂寞……」

這世間走到極峰，悟到最徹，活到最後，難道都只剩下了寂寞而已？

蕭秋水不知道。

因爲他還沒有活到最後。

他的鼻水流著，鼻骨被打傷，腰側被斬傷，在以後他亡命的歲月中，他的鼻子易打噴嚏，容易過敏，一直都沒有好過，腰脊也容易酸痛，一方面是傷未能完全痊癒，一方面也可能是紀念他的兄長罷……他未來的生命裡，還充滿了無數次跌倒，無數次至親友朋的出賣，但他卻能忍辱咬牙負重苦拚，終於都重新站起來……

歲月蒼蒼。蕭秋水的鼻子、腰脊，還是不好。

蕭易人死了。

沒有人再上擂台了。

楚楚令用沙嘎的聲音，喊了十次，還是沒有人上台挑戰。

於是楚大俠宣佈：

「蕭秋水為『神州結義』中『長江大會』之武林盟主，號令武林，天下效命，共抗金賊，鋤強易暴，共挽赴國難……」接下來是交奉大印玉璽和令旗錦幟，還有的是宣誓為盟的儀式。蕭秋水一生中，也不知見過多少人誓約，儘管說得轟天動地，但要背義棄約時，真是連眼睛都不多霎一下。但他只是像台上的戲子，戲演到哪裡，他就盡力去演好他而已。倒是宣佈後的歡聲雷動，幾千人一齊發出來，可驚天動地。尤其李黑、胡福、施月、林公子，鐵星月等含淚歡呼，雀躍再三，情義深撼，蕭秋水內心中也激起了千堆雪，他曾經在這世上只剩下唐方了，但是到了壯年，他連唐方也失去時，真是寂寞如雪，冷冽，而在春陽下連形跡也未曾留下。如今，歡聲雷動下，他著實有一陣生死無憾的昂奮。可是一句冷冷的話，打斷了他的熱血：

「蕭秋水，盟主你自當你的，天下英雄令卻要給我交出來！」

「誰說的!?」擂台下的鐵星月咆哮道。

「我說的。」

說話的人是朱順水。

稿於一九八〇年四月四日
與社友共賞台視製作神州詩社特輯錄
映後
校於一九九三年七月廿四日
沈慶均將於「新書周報」等三刊發表
「溫瑞安的筆劍俠情」／LM大統計／
新報欲以「永遠的英雄」為題作訪／
二神位三魚缸忽燈全滅／「追數」煩
人
修訂於九八年一月四日至六日
與方珠百睇傳真機，二人均購／石景
山公園小遊，與能相處佳／議訂過年
大計／梁半夜路上遇截，嚇壞康能，
我何急赴援，始知葉偷偷向萍借款欠
數又不認人，即代還，始知截梁者為
其夫，無腦上人這等作為真不可恕

第六章　擂台下的擂台

一　朱順水與趙師容

「盟主歸你蕭秋水，天下英雄令歸我朱順水，這是兩全其美的事——你不干涉我的，我也不干涉你的。」朱順水擺明了態度：

「今晚高手如雲，我是知道的，但是其中有多少是老夫手下，諸位可知道麼？」

蕭秋水忽然有一種感覺。場地寬但太擁擠，他卻覺得天地蒼茫，就算是拂曉，也只空茫一片，而他心中已沒有所依，沒有了家人，除了尚生死未知的蕭雪魚，已失去一切牽絆，天地間，任他一個傷心人，獨來獨往。可是隱約卻有先賢先烈，爲神州開路，近人道上有勇將國士，在爲國殺敵……他豁然肯定了他該作的了。他站了起來，高大如神。

「你不配。」

朱順水目光收縮，厲笑，驟然一拍手掌。

一人應聲疾閃而出，手中七點星光飛出！

蕭秋水雖然傷重，但是並非傷到不能閃躲！

他避不過，是因爲他不敢置信，這人也會向他下毒手！

他中了五鏢。

鏢一射入蕭秋水身軀，即倒射回來，隨著鮮血激噴——他雖沒有閃躲，但全身灌注了護身功力！

他目眦欲裂，吼道：

「妳——！」

放冷鏢的人竟是重傷毀了半片臉的唐肥！

朱順水大笑道：「天下英雄令，我還配不配拿！?」

蕭秋水雙目瞪視，毫不畏縮：「你不配！」

朱順水臉上一陣抽搐，怒笑道：

「你以爲我是誰!?告訴你……」朱順水如蒼天一梟，狂笑道：

「我是『鐵鎖橫江』朱順水。」

此言一出，特別運用內力發話，全場中除了那威猛老人外，連趙師容都被震得霍然站起，有人幾乎摔倒，大部分的武林中人震退了幾步，更有人當場震得全身麻痺。

朱順水瞇著狡獪的眼睛，問：

「那麼，」他滿懷信心如狐狸般笑道：

「我還配不配？」

蕭秋水平視著他，深深地、長長地、吸了一口氣，一字一句地說：

「你，不，配。」

鴉雀無聲。

除了剝剝的火炬未熄前的燃燒之聲之外，數千近萬的人海中，竟連一點聲音都沒有。

朱順水猶如鷹鷲一般，瞅住蕭秋水，然後舉起了他鷹爪一般的手，輕輕地抓在擂台上的一楹柱上，猶如只用微小力氣拾起一隻精致的茶杯一般——

然而那一人圍抱般粗的柱子，立即摧枯拉朽般霉了，嘩啦啦地倒下來，牽動整個擂台，一陣山搖地動的聲響，塵土飛揚，擂台全塌了。

這只是朱順水左手一捏之力。

這下連大永老人、地眼大師都變了臉色。

朱順水雙目如毒刃，盯住蕭秋水，全身無風自動，一字一句地問：

「我，還，配，不，配？」

蕭秋水這次沒有答。

他返過頭去。

他問唐肥：

「妳爲什麼要這樣做？」

「這樣做，對不對得起方姊？」

「爲什麼竟要背叛唐門，而投入這老匹夫手下？」

唐肥愣住。她那陰陽怪臉還來不及答，朱順水只覺得一陣血液上沖，腦門炸地轟然一聲，一種莫可名狀的憤怒，使頭上毛髮根根豎起！——他旋地發出了一聲驚天動地的怒吼！

他那一擊，能不能殺得死重傷在身的蕭秋水，始終是一個謎。

但他那一擊，忽然被人化解去。

用輕輕一拂化解的。

而且用的是袖子。

水綠色的袖子。

天下只有一個人能用如此輕曼的力道以及如許曼妙的袖子來消解朱順水的「長江

出閘」。

趙師容。

趙師容盈盈笑，吟吟笑。

朱順水臉色鐵青，厲聲問：「妳要救蕭秋水!?」

趙師容沒有去答他，卻向蕭秋水道：「你說得對；」她那風華絕代的笑意卻帶憂悒：

「他哪裡配！」

朱順水簡直被氣得快發瘋了。想他縱橫七海，獨霸武林，幾曾似今日，先被一個後生小子蔑視，再給一個女子奚落過?他突然哈哈大笑起來，居然唱了首《黃河曲》，打了個呵欠，伸了伸懶腰，看來一點怒氣都消盡了，回復到原來的樣子，瞿然道：

「原來李夫人也想要『天下英雄令』！」

趙師容見朱順水居然能在如此憤慨下恢復冷靜神定，心下也不禁暗暗佩服，忍不住說了一聲：

「果然是朱大天王！」

朱順水微微一點頭道：「李夫人過獎。」

趙師容化解那一招時，一種淡鬱的香味，裊入蕭秋水鼻中，連傷痛也似清涼多了，眼前一花，出現了如此一位高貴雅淡的女子，不禁心中一聲讚歎，但隨即想起與唐方談論女子（蕭秋水與唐方交往時。乃無話不談，上至天下大事月旦臧否，下至對不識女子之評頭論足，曾談得相知相洽，頭頭是道），心中一酸，旋向唐肥厲聲問道：

「阿肥，妳這樣作，傷不傷方姊的心？」

唐肥見蕭秋水居然身中五鏢不倒，直如天神一般，心裡暗暗發寒。晨曦下，她半邊臉被利斧劈得鮮血淋漓未去，而鼻子又被鐵星月失手打得稀爛，看來猶如地府中的肥羅剎，甚是恐怖！

「我本來就是朱大天王的人！」唐肥強充倔悍，咧嘴道：

「我是朱大天王安排在唐門『臥底』的人，目的是查明唐家近五十年來不出江湖爭霸之真相；」唐肥怒氣沖沖地道：

「而今為了殺你，暴露了身份，你還想怎樣!?我唐肥可不怕！」

蕭秋水訝然。「難道妳不是唐家的人？」

唐肥澀笑道：「我是什麼人？我那麼肥，哪家要我？」她痴笑起來，狀若癲狂：「我唯有跟隨朱大天王，作一番驚天動地的大事業，方才有人看得起！」她一面笑，震動創口，臉頰上鮮血又涔涔淌落，猙獰無比：

「就算欺師滅祖，也在所不惜！」

蕭秋水望著她，驀然打了一個寒噤。他現在才感覺到身上的傷口，一齊作痛。

「唐肥，妳真不是人。」

林公子罵。鐵星月更氣得齜牙露齒，他對唐肥，本已動了真感情。

「唐豬！妳——！」

唐肥「格格」而笑，一面笑，一面搖，肥肉不住顫抖著，忽然笑容一斂，道：

「你不知道人會變的麼？尤其是女人，要變起來，可以抓住任何，一個小小的理由，就可以把你碎屍萬段，……」

她瞇著另一隻尚稱完好的細眼，故意問：

「連這些你們都不知道麼？不知道又怎麼學人家闖蕩江湖!?」

金刀胡福接住險被氣炸的雜鶴施月與邱南顧，沈聲道：「我們不是不知道。在江湖上，是要講道義的，就算別人不講，我們也憑良心講。」

李黑冷笑道：「我們不是不懂，而是不屑為之而已。要墮落還不容易——找個理由搪塞過去就得了。」

施月叱道：「不管如何，就算唐門能饒妳，我們『神州結義』也不放過妳！」

陳見鬼亦插口罵道：「枉妳跟我們是共過患難的人，竟做出這等事來！我陳見鬼就算活見鬼了，原來鄧玉平為『權力幫』臥底，而妳為『朱大天王』作暗點子，都是一丘之貉！」

朱順水笑道：「老夫想跟李夫人打個商量？」

趙師容隨意笑道：「商量什麼？」

朱順水道：「商量個條件。」

趙師容問：「什麼條件？」

朱順水瞇著眼睛，笑得就像隻老狐狸：

「天下英雄令，歸趙姑娘得可以，但是……」他笑意愈漸肆意。

「長江七十二水道、黃河三十六分舵、五湖四海水寨，都可歸姑娘統率……如此可好？」

趙師容笑了。笑意猶如一隻翩翩的彩蝶，悒聲問：「你是說……？」

朱順水瞇著眼，擠在眼皮下的眼珠，不住上下跳動，打量趙師容：

「正是向趙姑娘徵得首肯……」他嘿嘿笑道：「我朱老頭兒年紀雖長了些，但這些年來，尚未娶妻，……而且，」朱順水傲然道：

「江湖上，武林中，配得上妳趙姑娘的，除了老夫，就是李沈舟，李沈舟在我手下是死定的了。」朱順水說到後來，簡直污言穢語：

「……丈夫是老的好，那些事兒，夠耐久，有經驗呀！」

朱順水在群豪面前說這些話，無疑是全不把其他的豪傑放在眼裡，而且公然說這種不堪入耳的話，眾皆忿然。

趙師容居然嫵媚笑道：「你是說……天下英雄令歸我，我歸你，你……你歸你自己？」

朱順水樂不可支：「我？我歸朱大天王。」

趙師容笑得更嫣然了：「好，好計劃，這樣的好計劃，虧得你才想得出來。」

朱順水笑道：「我是天才，我一直是人間的天才！」

趙師容婉然道：「真是天才，比白癡還天才……」忽然水袖一挽，急打朱順水臉門。

朱順水偏首避過，趙師容的左袖又拂出。朱順水一縮退避，趙師容雲袖暴長，直捲朱順水，這次朱順水跳開兩丈才能定過神來。

這幾下過招，直如電光石火，朱順水已飄開兩丈，縱聲長笑道：

「趙姑娘也不……考慮考慮？」

趙師容微微一笑道：「你知道我和李沈舟的關係？」

朱順水臉色變了變，即道：「我當然知道。但李沈舟自命風流，有多次外遇，有多少個女人……妳可知道？呵，呵呵……」

趙師容淡淡一笑，更見一種意無抑盡的嫵然。「我知道。若有人想在我面前破壞李幫主，那是妄想。他有多少女子，他都告訴我，我無所謂，因他只愛我一個，大丈夫逢場作戲，在所難免，我趙師容也有不少男子，並不稀奇。李幫主既是我的長輩，也是我哥哥，更是我好友、知音……你想在我面前誹謗他，那未免看扁了我趙師容，也看錯了李沈舟——」

趙師容燦然一笑，有若花開，驕傲而韻姿清楚：

「我趙師容是什麼人，李沈舟又是什麼人！」

蕭秋水在旁瞥見晨光熙微中的趙師容，心頭一熱，想到這一對相知相遇、相信相依、天衣無縫、無瑕可襲的信賴，想到他和唐方兩地分散，咫尺天涯，卻生死不知，眼眶一紅，身上所有的痛楚，因爲見到趙師容，以及揣擬到趙師容和李沈舟至深至大的戀情，而覺得陽光薰曦，心頭鬱悶，爲之頓消。

朱順水臉上一片陰沈，這時大永老人、地眼大師，再也忍耐不住這幾人目中無人有意攪局，激憤至極，地眼脾氣毛躁，大喝道：

「兀那王八，就當武林中無人麼——」一掌就向朱順水拍了出去。

「神行無影」裘無意吆喝道：「使不得……」但已太遲，地眼一掌拍出，朱順水反掌撞去，兩掌一交，地眼大師只覺對方大力撞回，自己急忙再生內力，全力抵住，詎料那外力如黃河決堤一般，又沖破了瀾防，地眼此驚非同小可，忙使混原真炁抵住，但心下給萬濤排壑般的巨力沖破，三道逆流，反行體內，地眼只覺全身一竄，連退八步，嘴裡滲出了鮮血。

朱順水見一掌擊斃不了地眼，也是一怔，冷笑道：「少林僧人果有兩下子。」

在群豪心中，尤其是大永老人等心裡，造成了極大的驚恐：地眼神僧與天目神僧齊名，在南少林當長老護法之職，份位極高，而且曾與方丈和尚大師三人合擒權力幫主李沈舟手下第一號人柳隨風，聲名之大，一時無與。

可是地眼大師卻一招之下，輸給朱順水。

大永老人本待地眼大師先行出手，只要對方一動上了手，他在旁邊再插一手，擒住了朱大天王，再逐走了趙師容，自然吐氣揚眉，儼然武林領袖，然後再批判蕭秋水殺兄無資格當盟主一職，再公然要其將「天下英雄令」交出，諒必無阻，……如此如意算盤計劃下來，卻見地眼一招敗退，著即打消了出手的念頭。

——還是穩著點，看看風頭再說。

「神行無影」裘無意，在武林中輩份，以及武功內功，可謂「三大天柱」之一，即是少林大正、武當太禪，以及丐幫裘無意。可惜裘無意爲人滑稽突梯，不重身份，故在武林中的號召力，卻大大不如前述已歿的兩人。武林中雖是眾豪拳打天下，但不亮身份，不張聲勢，自然比較喫虧，其中冷暖炎寒，跟翰林、仕途、宦官的排擠競逐，也沒什麼兩樣。

裘無意這時站出來，綠竹杖往地上一點，向朱順水大聲喝叱：

「朱順水，你真當江湖無人了!?」

朱順水冷笑。

「除了你裘老還算是個人物外，這一僧一道，合起來只能算是半個，你們所謂『白道』，哪還有什麼像樣的人物……!?」

朱順水話口未完，只聽一人道：

「那我算什麼?白道的、還是黑道?或是半白不黑道！」

二　燕狂徒1

朱順水偏首望去，只見那人威儀堂堂，但瞧不出年紀，只見那人緩緩站起，不知怎的，心中一凜，但嘴巴可毫不有讓：

「我怎麼知道你算什麼？報上名來，看看排在這一僧一道之前抑或之後……」他一眼瞧出對方武功定必非同小可，所以出語間可軟可硬，也客氣了許多。

那威猛的人大笑道：「什麼？我跟這禿驢和雜毛併排？哈哈哈——」

向天長笑，真箇宛若奔雷。這下無疑是極端藐視，大永老人涵養再好，也忍無可忍，怒道：

「兀那野漢，你敢蔑視祖師爺，是活得不耐煩了!?」

威儀的人猛回首，問：「誰是祖師爺？」

大永老人也不知怎地，給他瞧得心魄一寒，但騎虎難下，只好硬著頭皮道：

「我說的。」

對方問：「誰是祖師爺？」大永老人只敢回答：「我說的。」原已答非所問，氣勢上弱了一籌。大永老人也省覺到，老羞成怒，心忖：「我且試他一試，換回點顏面再說。」他對朱順水不敢輕舉妄動，但這人武功再高，也不可能猶勝朱順水，無論如何，自己都必能制得住，當下意念既定，惡念陡生，決定七分攻擊，三分守勢，先將自己立於不敗之境，先試探一下再說。

威皇的人一見大永老人蓄勢待發，便一眼了然，笑道：「你死定了。」大永老人勃然大怒。他養精蓄銳的一擊，對方竟然說：「你死定了。」好像在對一個小孩說話似的，當下怒吼一聲，單掌護胸，右掌劈出，衝了過去。

那人瞪住他，猛喝了一聲：

「祭無朋！」

這一聲大喝，陡地令大永老人一震！「九陽陰手」祭無朋是卅年前，他未入武當時的綽號與原名，這人何以曉得!?這聲大喝宛若焦雷，令他本來陰柔綿延的真氣，突然有了個漏洞，正在源源散去。

「祭無朋！」

那人又是一聲暴喝。大永老人恐懼地睜大雙目，衝至一半，被這宛似當頭一棒喝叱即驟至，身體搖搖顫顫，因發出咆哮在先，大半功力發於攻，小半功力蓄於守，攻守功力未能配合，是以眼前一片烏金，腦門一陣發黑，全身真力，絲絲遁走，那人又猛喝一聲：

「祭無朋！」

轟隆一聲，大永老人如被雷擊，全身一彈，痙攣起來，臉容抽搐著，全身內力，已被這三聲斷喝：鎮住、截斷、再擊潰，他雙眼一翻，全然混濁，怪吼了一聲：「你——！」

「哇」地一口血箭，打在地上，射出一個血窟窿，他也臉若紫金，仰天倒下，被震碎腑臟經脈而亡。

三聲斷喝，殺了大永。

——這等功力，連朱順水都望塵莫及。

——就算朱順水與趙師容聯手，也辦不到。

——李沈舟呢？李沈舟能不能夠？

全場愣住，天已大明，火炬已滅。陽光灑在眾人頭上、身上、衣上，因爲太過寂然，反而不似是人間一般。

良久，裘無意澀聲嘎道：

「你……你……」他每一個字，都像挑了千斤擔子，重鈞負荷，他囁嚅道：

「你……你……就……是……燕……狂……徒……」

對方沒有作答，只發出一陣鋪天捲地的狂笑。

燕狂徒未死？

（他，就是燕狂徒嗎？）

——這在昔年，號稱天下第一強人，使黑白二道俯首稱臣，而且縱橫天下，號令七海，始創權力幫，締造長江、黃河水道分寨，最後被他手下的人所出賣，以至黑白道中好手盡出，十六大門派，包括武當、少林高手，以及朱大天王的「七大長老」、「權力幫」的「四大護法」，還有李沈舟都親自出手，聯手圍殺之，殺得鬼泣神號，遮天蔽日，血流成河，慘絕人寰。這狂人曾全身無一處不是傷，連胸口都被人用劍對穿而過，但居然仍能身懷「無極先丹」，脫圍逃去……

——但是在這等重創之下，這魔頭居然能不死麼!?

——不可能！

（這人，這人就是燕狂徒麼？）

燕狂徒未死！

燕狂徒未死——這個訊息委實太過駭人。這七十年來的武林中，燕狂徒已經是一個象徵，一種代表，這個驚傲不馴，驚天動地的人，就似天宮派出天神地將，都奈他不何，連太上老君七七四十九天丹火熬煉，都囚他不住的孫大聖；他的存歿，聲動武林，威震江湖，懾人心魄。

（燕狂徒居然如此年輕……不，甚至連年齡也看不出來！）

裘無意、趙師容、朱順水三人，昔年都沒有參加那一役。裘無意一向遊戲江湖，對當時笑傲江湖、不將天下人放在眼裡的燕狂徒，倒有幾分意味相投，並不認為他為禍武林，所以才沒有參與圍殺；趙師容昔年卻因太年輕未能與役；朱順水只派了他的「七大長老」出手——他當時以為已經太看得起燕狂徒，豈料原來仍是太小覷了燕狂徒——最後只有兩個長老能活著回來。

大永老人已經死了。地眼大師當年卻有參加那一役，他從未想到這人就是在是役幾乎把他駭得命喪心裂的燕狂徒；看來這數十年來，燕狂徒不但沒有老，反而更年輕、而且更豪壯了。

（好一個燕狂徒！）

三聲震死大永老人的燕狂徒，又大笑三聲，道，「既知我是燕某，天下英雄令，捨我其誰！」

忽聽一個聲音，像劍鋒斬劈在鐵石上一般，鏗鏘有力：

「你也不配。」

燕狂徒返身回首望過去。返身得很慢，很慢，因爲已經有幾十年，人們不敢這樣對他說話。他乍聞這個聲音，就連他自己也不敢相信，還有人（也許除了李沈舟、慕容世情之外），居然有人敢這樣對他說話。他慢慢回身是希望多保留一刻的神祕與詭奇感受。

說話的人是個年輕、飛揚、倨傲，卻又謙敬、很有自信但一身是傷的青年人。

——一個在燕狂徒當年橫霸天下時還未出世的小伙子。

（嘿。）

燕狂徒認得他！這小子就是現今的什麼盟主，說什麼了不得，但居然大罵了朱順水三聲「不配」！忒也有種！卻不料居然連自己都罵上了！乖乖，這可不得了。

「你是蕭秋水？」蕭秋水這名字，近日在江湖上譭譽參半，有人翹著拇指讚歎，有人跺著腳板痛罵——燕狂徒也有所聽聞過。

「我是蕭秋水。」那青年人答。

「你知道我是誰？」燕狂徒問。

「燕狂徒。」青年答。

燕狂徒狂豪地笑了，又問道：「你知道燕狂徒是誰？」

「武林第一人。」那青年平靜地答。

燕狂徒更滿意了：「那武林第一人有沒有資格拿這『天下英雄令』？」

那青年直接了當地回答：「不配。」

燕狂徒倒豎了眉毛，厲聲問：「我不配誰配!?」

那青年正直地道：「天下第一人才配。」

燕狂徒仰天長笑，怒問：「有誰可以配得上當『天下第一人』!?」

那青年答：「有。」

燕狂徒全身衣衫，獵獵劇動：「誰!?」

那青年容色平靜，但目露神光：「飛將軍！」

三十功名塵與土。

岳飛以反間計對兀朮，廢兒皇帝劉豫，並上書奏章：「……知逆豫既廢，虜倉卒未能鎮備，河、洛之民紛紛擾攘，若乘此興平民伐罪之師，則克服中原，指日可期，真千載一機也……」惜朝廷不允，三十功名塵與土，八千里路雲和月。

紹興八年冬，岳飛親赴行在覲見高宗，力主非議和之策，自此秦檜暗恨岳飛，九年請遣觀察金人虛實，詔又不允。十年，金人叛約，大舉南寇，復詔岳飛援助關、陝、河北各路，五月，岳軍敗金兵於宛亭縣。

三十功名塵與土，八千里雲路和月，待從頭收拾舊山河……

岳飛進密疏，一請北伐，二請高宗建儲，並分令諸軍北進，命王貴、牛皋、董先、楊再興，孟邦傑、李寶，提兵自陝西以東；西京汝、鄭、穎昌、陳、曹、光、蔡諸州縣分佈經略，又命梁興渡黃河，會合河東、河北州郡，響應北代。再命令岳軍將士，語其眾人，期以河水相見，並遣軍來援劉琦，西授郭浩，控金、商之要衝，應川、陝之師。岳飛自引其軍長驅以取中原。

三十功名塵與土，八千里路雲和月，待從頭，收拾舊山河、朝天闕。

燕狂徒雖是草莽英雄，但對真正爲國家民族捨身奮戰的岳飛，卻是敬慕至忱，燕狂徒自稱狂人，無敵於天下，但心裡卻十分尊敬岳飛所作所爲，如今蕭秋水這般一提，他是磊落男兒，倒是服氣，哈哈一笑，道：

「也罷，算你有理！」

眾人親聞蕭秋水居然敢出言頂撞無情人物燕狂徒，心中都暗爲他捏了一把汗，又見燕狂徒臉色一陣森然，以爲蕭秋水就要遭殃，卻見燕狂徒豁然一笑，便坦然承認，才放下心頭大石。

其中站在較外邊的幾個武林人物，你望望我，我望望你，都覺得如此煞氣迫人，隨時將有殺身之禍，憑自己等人微末技倆，既無利可圖，也起不了作用，不如偷偷蹓走算數，於是乘數千人不覺之時，悄悄地想溜——

詎知方才一舉步，燕狂徒一雙如電的目光，便射向那些想溜掉的人之身上，那些人都感覺到那雙目如森冷的寒電，乃是望向自己，心下一寒，忖道：這次完了，這魔王看到我了，……人人都雙腿發軟，不敢再走半步。

其中四個，膽子較大的，武功也較高的，當下不顧一切，實彆不住，拔腿就跑，只聽燕狂徒笑道：

「我在，你還敢溜……」

其中兩人，乍聞這衝著自己的一聲，便釘在地上，不敢再跑，另外兩人，心想一不做，二不休，反正已豁了出去，諒那狂人也追趕不上，人群圍得一層又一層……當下不顧一切，發足狂奔。

燕狂徒大笑道：「跑？看你們跑不跑得了!?」

雙掌拍出，拍向前邊兩人。

前面兩人，並沒有逃跑，遽見燕狂徒出手對付自己，倉惶哪裡抵擋得及，「砰砰」兩人皆被擊中心口。

那兩人在這等情形下還敢站得那麼近，武功自是不低，可是燕狂徒突然出手，根本就無法抵禦，也無從招架，兩人一旦被擊中，自度必死，但卻並不覺痛苦，只覺胸前一股巨力湧來，身子稍向後一仰，砰地撞中後邊的人，那巨力就袪了出去，變得無影無蹤……

就此前邊兩人向後仰撞後邊兩人，後邊兩人又撞中後面兩人，後面兩人再撞中後面兩個人……人群本就站得極密，且如水泄不通，如此隨著人撞人，那巨力被傳接了開去，瞬間便傳到了靠得最外邊的兩人身上……

那兩人還不知發生了什麼事，只覺得一人接一人，跟著是一排的人，向自己身上一壓，「嘭」地一聲，自己胸前似捱了一擊，便飛了出去，足足飛出了三丈遠，「蓬」地恰好撞中正在逃遁中的那兩人背門……

那莫名其妙被撞飛的兩人，眼前金星亂舞起來，才發覺背後壓著各一人，已被震死……

燕狂徒笑道：「這招叫『薪盡火傳』，我要誰死，誰都逃不了。」

眾人幾曾見過如此匪夷所思的功力，簡直呆住了，現刻就算命令他走，只怕也猶如石柱嵌在地上一般，移不得半步。

燕狂徒忽又很傷感地道：「……自從那一役後，我只剩下一半功力，要是當年……」忽又神色傲然道：

「雖則如此，若論武功，我還是無敵於天下。」

蕭秋水忽又說了一句：「真正的無敵絕不是殺人可得。仁者無敵。」

這次燕狂徒可光火了：「誰是仁者？天下只有假仁假義之輩，真正的仁者，早在黃帝、堯、舜、孔、孟他們身後就死光死絕了！」

蕭秋水淡淡地道：「中國的命脈得以保全，全賴一股正氣維繫，以前有的，將來也會有的……一定會延續下去的！」

燕狂徒怒極反笑道：「誰能延續下去？誰!?就憑你一張嘴!?」

蕭秋水竟然仰天大笑。在燕狂徒面前仰天大笑。他指著他手上沾血的令牌上的幾個字，大笑道：

「就憑這令牌上五個字中的四個：天下英雄！」

三　燕狂徒2

燕狂徒瞪了他半晌，喃喃地道：「好，好，倒教我真的見識了，這幾十年來，武林中是出了英雄……」忽又冷峻地笑道：

「你唬不了我！憑一張嘴，張儀蘇秦時代已經過去了！要打天下，得憑真本事，今天我要殺你，易如反掌，……不過你資質好，我願收你爲徒。」說到這裡，亦因尋著人承繼衣缽而神貌慈祥起來。

「快，老子做事，喜歡爽快，你這就趁老子興頭上來個三跪九叩，行個大禮，老子除了教你武功，天下英雄令一事，老子徒弟誰拿都一樣，也不和你爭了。」

蕭秋水靜靜地道：「我不跪。」

眾人聞燕狂徒居然要收蕭秋水爲徒，自是一驚，有人代他感到慶幸，有人暗自嫉忌。朱順水聽來，更如坐針氈。不料蕭秋水斷然拒絕。

這下連燕狂徒都怔住。天下間不知多少學武之士，不惜一切手段，以求他教得一招半式，任何代價都願犧牲，他卻毫不假於色，絕不收徒、一來不想有牽絆，二來他好獨來獨往，平生武功，只覺古往今來，天地間有過他如此驚世駭俗的一人便可，用不著有第二人來接替，三來怕徒弟忘恩負義、或魯鈍纚笨，他可沒耐心窮耗。而今得見蕭秋水殊異秉賦，而且又為其一番話所撼動，他做事向來我行我素率性妄為，既萌生「薪火相傳」的意思，便慨然答允要相授武藝，沒想到這小子竟然一口回絕……！

燕狂徒生平快意恩仇，該打就打，要殺就殺，愛怎樣做就怎樣做，今日憑他無敵於江湖的名聲，居然求不到一後生小子為徒，這是連他自己都不敢置信的事實……

燕狂徒訝然道：「難道我的武功還不足以作為你的師父？」

蕭秋水答：「不是。」

燕狂徒道：「那是為了什麼？」

蕭秋水說：「我只跪天地君親師，以及聖賢、豪傑、英雄、好漢……你一出手就濫殺無辜，只是個狂人而已。」

燕狂徒仰著脖子向天狂笑，道：「好，好，好個『狂』字，……我看你跪也不跪！」

語音一挫，雙指駢伸，遙指蕭秋水雙腿，只聞「哧、哧」二聲，兩道極強勁的指風，飛射蕭秋水雙膝的「跳環穴」！

這雙指凌空飛越，勁氣破空，地眼大師在旁邊一看，真是心悅誠服，原來這指法便是「阿難陀指」，昔日柳隨風被擒，地眼便欲以此指法殺之，但因聚力不易，所以速度甚緩，若速則無法施這深奧的指法，而今見燕狂徒使來，輕而易舉，而且隔空射物，得心應手，雖非佛門中人，但單止「阿難陀指」的造詣，自己便是窮盡一世難及項背，當下心裡浩歎一聲，心情萎頹。

大永老人原想趁地眼大師之後，撿個便宜，不找朱大天王和趙師容，卻誤打誤撞，被燕狂徒三聲斷喝送了死，眾人雖是驚震，但以爲燕狂徒耍弄妖法，心有不服，大有人在，後來見他以奇異內力，借力擊殺遙不可及的兩人，這才歎服，及至見他隨施「阿難陀指」，才真正的無話可說。

燕狂徒隔空射點蕭秋水「跳環穴」，爲的是要他跪倒，蕭秋水身上爲蕭易人斬傷，面門被兄長擊傷，身上還有五道鏢創，但他的武功，非昔可比，就算大永老人、地眼大師合力戰之，也非其所敵，與天正、太禪的功力，已可併排，他畢竟有著當世八大大高手傾力相授，且有「無極先丹」深厚內力，眼見指風襲來，他下盤一陣交錯、急閃、步法雜沓異常，燕狂徒的指風射空！

燕狂徒一愕即道：「哦，是少林虎象的『百戒錯步』。」

說著橫腿一掃，這下無論蕭秋水怎麼跳躍閃躲，都必定被他這一腳掃中。

蕭秋水情知不能閃躲，忽然一劍，疾刺燕狂徒足背，燕狂徒忽然收足——說收就收，好似完全沒有出過腿一般——蕭秋水一劍刺空，燕狂徒好奇心大熾，喝道：

「好！竟還有銀瓶的『玉壺瀉水』！」

人隨聲至，劈手搶奪蕭秋水的劍！

燕狂徒身形何等之快，蕭秋水心下一凜，一掌沖出。

只見眼前人影一閃，豁然一空，燕狂徒就似沒出手一般，立回原處，自己卻一掌劈空；只聽燕狂徒道：

「嘿，連章殘金的拚命掌法也學足了！」

這下不但燕狂徒覺得稀罕，群眾也是大奇，這近年來聲名鵲起的青年蕭秋水，居然身兼少林、武當奇技，甚至朱大天王長老的絕學！

朱順水扳起了臉孔，緊皺了眉頭。

燕狂徒再度出手，這一次，逼得蕭秋水使出白丹書的劍法，才迫開燕狂徒，燕狂徒大笑道：

「是東一劍的『東施效顰』！」說著連攻三招，迫得蕭秋水使出藍放晴的「西子捧心」，才應付得過去，燕狂徒怪叫道：

「你這小子，哪裡偷來了這麼多武藝！」

這下連趙師容都刮目相看。……權力幫兩位護法的劍術，何以會在這青年身上使出來呢……這真令人費解。

接著下來，燕狂徒連連出手，一面故炫博學，一一道出蕭秋水的武功，竟還有萬碎玉的掌法、鐵騎的內力、還有木葉的暗器，到最後，竟連梁斗的刀法、杜月山的劍法、蕭西樓的招式，全部使了出來。

燕狂徒驀然大叱一聲：

「跪！」

「砰」地一聲，蕭秋水倒退十步，臉若紫金，「哇」地吐了一口血。

一口血吐後，胸口一熱，喉頭一甜，又想再吐，蕭秋水性子十分拗執，情知再吐，內力就要消散，即要軟踣在地，所以堅持不吐，一張臉脹得通紅。

燕狂徒見他居然還不萎然跪倒，頓生惜重之心，當下道：「你已接我一十二招，你已負傷在先，只不過比當年天正接少三招，確屬難得，你不要逞能，在我燕狂徒面前，你就跪這麼一跪，卻又何妨？」

蕭秋水冷冷地道，「你逼我，我不跪。」

燕狂徒目露凶光，「你跪是不跪!?」

蕭秋水斬釘截鐵，「我死也不跪！」

燕狂徒狂笑道：「我不給你死，偏要你跪！」

蕭秋水大聲道：「我不跪就是不跪！」

燕狂徒長嘯一聲，宛若巨鳧撲來，這下已出全力，一掌劈下！

蕭秋水情知無法硬接，只好全力往後躍。

但後面都是人群。

——如此後躍，燕狂徒的掌，必定傷了後面無辜者的性命！

蕭秋水一咬牙齒，雙掌一挫，硬生生接下那一掌。

若蕭秋水無得力自「無極先丹」近一百五十年的純厚內功，就算有銀瓶、鐵騎、章殘金、萬碎玉、木葉的掌力相傳，也無法接下這足以驚天動地的一掌。

這一掌接實，蕭秋水如受萬鈞巨力，「蓬」地身體往下沈去，沒土直至足踝。

但燕狂徒這一掌下來，竟似黏著他雙手壓下，根本揮甩不去，壓力愈大，蕭秋水大汗涔涔。

只聽燕狂徒咬牙切齒地問：

「你跪是不跪？跪也不跪!?」

壓力愈來愈大，燕狂徒也盡了全力，只聞蕭秋水身上骨骼格格作響，像遭了電擊一般，隨時爆裂脹破，寸寸骨頭，欲碎迸射，痛苦至極，蕭秋水雙眼翻白，全身在抖動中死力相抗，嘶聲道。

「我不跪！我不跪！」

要知道燕狂徒的武功，是何等深厚，現下雖功力喪失近乎一半，但仍非同小可，這一下在再次出道從所未有的盛怒之中，全力出手，壓得蕭秋水幾乎寸寸骨節碎裂，個中痛苦，無可言喻。

但是蕭秋水寧死不屈，燕狂徒一陣懊惱，猛吸一口氣，雙掌再全力下壓，蕭秋水全身又是一陣亂顫，嘴裡不斷溢出鮮血，兩條腿骨，似鼓棍一般，彈動不已，隨時即將折斷……

卻仍是不跪！

燕狂徒臉色一變再變，叱道：

「別敬酒不吃——」

他心中殺機大現，狂念一起，再也控制不住，印堂、太陽穴、人中三穴同時黑氣陡現，蕭秋水只覺雙掌壓力減輕，但掌背貼住頭頂，脊骨全身，猶如千針萬針齊刺，直椎入心窩，奇經百脈，如寸寸斷裂，所受之苦，直比開腔剖肺，還要痛楚。

他幾乎已失去意識，但仍是不跪。

其實燕狂徒只要一鬆手，他就癱瘓了，但他強借外來的傷痛與刺激，來維持他的清醒，只要他能維持一絲神智，則寧可全身摧折，至死不跪。

這時燕狂徒也滿臉發黑，額上汗如雨下，蕭秋水畢竟是八大高手調教下的智能天縱的唯一人，燕狂徒重傷自痊而耗去一半功力，居然一時未能將之擊斃，更令燕狂徒沮喪的是，迄今仍未能將之屈服。

這時他臉上黑煞之氣漸去，用一種只有蕭秋水才能聽到的聲音道：

「很好。」他的聲音竟有說不出的沈哀，「你比我還要硬。這身骨頭，天生不必下跪，就算跪我，我也禁受不了。」微微一聲歎息，那殊異的掌力漸漸撤回。

就在這時，裘無意嚷道：

「玄天烏金掌！這是玄天烏金掌！」

大部分群豪，不知所以，也不懂驚訝。但武功較強，江湖閱歷較厚者一聽，紛紛都變了臉色。

「玄天烏金掌」是一種極厲害的掌法，本來是一種酷刑時迫供的手段，但給燕狂徒活用了，當作普通招法來用，中則如千刀萬剮，十分痛苦，任何英雄好漢，都禁受不了。其實燕狂徒一旦使用「玄天烏金掌」，便有些後悔，但見蕭秋水如此倔強，不禁被他錚錚傲骨所感動，不想再加留難。

這時大俠梁斗、鐵星月、邱南顧、林公子及一干支持蕭秋水的武林人物，都按捺不住，大喝躍出，要圍攻燕狂徒，解救蕭秋水，只見七八個人，捨死忘生，飛撲而來……燕狂徒皺了皺眉頭，心忖：這小子忒有人緣，一旦有事，還有這許多不要命的人相救！

只見七八個人之後，又撲來七八人，都是豁出了性命，這時燕狂徒已將雙掌一收，但就在這時，蕭秋水的雙掌，如裝彈簧一般，反彈起來，直往燕狂徒沖到！

這下子電光石火，燕狂徒已知對方因禁受了自己的「玄天烏金掌」，掌勁佈滿全身，因仍不屈服，全身氣勁無處發洩，必逼破經脈而死，所以不自覺地反擊過來；燕狂徒情知蕭秋水若擊不中自己，則必被無處可洩的掌力震死，他對蕭秋水已萌惜重之心，當下心念一轉，竟猛吸一口氣，硬受一掌！

「砰」地一聲，蕭秋水雙掌擊打在他胸膛上，擊個結實！

這下不但別人意想不到，就連蕭秋水自己也料不到，他居然能擊中燕狂徒。但他身受其苦，故即刻能明白，燕狂徒乃故意給他擊實，以導致自己所受掌勁迫榨的一條出路！

燕狂徒這般作法，委實令人無從捉摸，但以囂狂若燕狂徒者，什麼事做不出來？又有什麼事不能做？若不是燕狂徒自願捱上這一掌，蕭秋水哪裡打得著他？

燕狂徒雖云昔日天正能接他十五招，蕭秋水僅遜三招，事實上，尤其在功力精純方面，蕭秋水與逝去的天正仍然有一段距離。

天正接得燕狂徒一十五招，乃在他當日全盛時期，體力、智慧、武功、聲名的登峰造極，那時燕狂徒殺氣之大，非今可比；後來武夷山一役，武林黑白二道，盡出精英，伏殺燕狂徒，燕狂徒先遭暗算，負傷下終於寡不敵眾，誅殺數十名高手後，幾爲敵人所殺，衝出重圍之後，匿伏療傷，幾乎耗盡了原有功力，才得以不死，又過十數年修回一半功力，方才重出江湖。

他生性豁達，雖好殺成性，但並不記深讎，所以沒有特別找人報復。蕭秋水能接下他一十三招，以未戰前已趕路得筋疲力盡及身受重傷的狀況下而言，這年輕人已很相當了不得。

但想反擊命中燕狂徒，還是不可能的事。

蕭秋水雙掌命中燕狂徒，全身苦楚，爲之一暢，神智亦爲之一醒。

燕狂徒硬受蕭秋水一擊，此擊不但是蕭秋水抵抗「玄天烏金掌」之全力，懷有「無極先丹」的精純內功及數名武學大家的掌勁，還有他自己所發出去的「玄天烏金掌」掌勁，這比以燕狂徒自己的功力，反打自己一掌，更來得慘重。

燕狂徒不得不運全力，硬受這一掌。

同時間，他還得雙掌齊出！

「呼」地一道狂飆，把衝過來的十一、二人，在他們未動手前，便捲飛了出去。

他的掌力並不含殺意。

——對肯捨身救友的人，他一向不欲趕盡殺絕。

他一向殺人，喜歡殺就殺，不喜歡殺就不殺，對重義深情的人，他列爲「喜歡」那一類。因爲他一直以爲自己是一個寡情薄倖的人。

但就在此時，有三個人，無聲無響，在他全力抵受蕭秋水之一擊，並分心於驅逐來敵的時候，神出鬼沒地欺近了他背後，猝然出手！

四 大廝殺

出手共有三個人。

這三個人加起來，可以叫武林塌了半壁天。

他們是丐幫幫主「神行無影」裘無意，「朱大天王」朱順水，「權力幫」第二號人物趙師容。

趙師容要出手，自然有許多理由。李沈舟殺傷過燕狂徒，其中過程她並不甚清楚，但只要燕狂徒還活著，李沈舟想「君臨天下」，確難如願。何況她既想奪「天下英雄令」，而又對蕭秋水同時萌生好感，亦不知道燕狂徒並無意要殺蕭秋水。她跟朱順水一樣、在蕭秋水擊中燕狂徒眾豪齊發出「鬨」地一聲喝彩中，她伺機搏殺燕狂徒來阻止蕭秋水受害。

搏殺燕狂徒，無疑此乃最好時機。

三聲震死大永老人，隔著人海奪走兩名高手性命，以及一十三招重創蕭秋水……

這等等都令朱順水驚心動魄，自歎弗如。

所以他更要殺燕狂徒。

——殺燕狂徒，是比一舉成名天下知更聞名的事；就算暗殺也一樣，裘無意以現今的身份，以及他耿烈的個性，是很不想暗算燕狂徒的，可是他非暗算不可。他畢竟是江湖上混過來的人，更且有自知之明，單打獨鬥，決計非燕狂徒之敵，唯有乘此良機，一舉殺之——讓燕狂徒活下去，武林腥風血雨，永無寧日！

——現在武林的精氣，已很禁不起再一次的武夷山之役！

所以他們三人都同時出手。

一出手，三人都盡全力。

三人平時各據一方，但此刻完全敵愾同仇。

——對付燕狂徒，只要留他一口氣，只怕三人中無一可活。

因此他們盡棄私心，此刻真是同舟共濟，傾力施爲。

——這一擊如若不中，將會怎樣？

殺不了燕狂徒，後果真不堪設想！

若換作當日的燕狂徒，這三道突擊，還真奈不了他何！

可是今日只剩下一半功力的他……而且正在捱受蕭秋水挾帶著自己的功力回擊之時。

他只有這個選擇。

燕狂徒大喝一聲，藉自己打中自己的掌力，猛向後撞去！

——敵人都是在背後出襲。但聽風辨影，背後又分正面、左背、右背三道。

——唯有硬受其一，先殲其一，避躲另二，方爲敗中求勝之策。

燕狂徒身經百戰，當機立斷。

這是當世三大高手，任何一擊，都足以絞碎生機！

燕狂徒挾帶所吃硬了的掌勁，全身一曲一扭，反彈飆退，猛向後撞！

就在這刹那，朱順水的右「鷹爪」，左「虎爪」，趙師容的左「東海水雲袖」，右「西湖水月袖」都給他在一髮千鈞間，避了過去。

但是裘無意的綠竹杖，「嗤」地刺入燕狂徒左脅。

這綠玉杖原本戳向燕狂徒背門的，但燕狂徒及時側了一側，竹杖就自他左脅穿過

「噓」地一聲，鮮血激噴，燕狂徒居然餘勢未止，直撞過去，玉杖直穿了出去，

燕狂徒左手一撈一扳，已扣住了裘無意手腕，裘無意後退不得，燕狂徒右肘便撞了出去！

「蓬」地一聲，裘無意右脅全碎，就在同時間，燕狂徒扭斷了他左手手腕，然後將綠玉杖抄在手上，同一瞬間，背後已完全撞中裘無意！

在這刹那間，燕狂徒至少把他身上所積聚、捱受的掌力，至少有一半撞卸到裘無意身上去！

裘無意的軀體「呼」地飛上了半天；而在這時，趙師容、朱順水又已攻到！

——不能讓這廝歇息！

這共同的目標使這「權力幫」及「朱大天王」集團的兩大魁首，協力出手！

——我已經受傷！

——而且傷勢很重！

燕狂徒自覺到這點時，比傷口更痛楚的感覺，又昇了起來。

以前他了無所懼，不知恐畏是何物。——但在武夷山一役，他受了奇重的內外傷，幾乎就要立刻身死，使得他藏頭縮尾，不敢露臉，耗盡了功力，匿伏了無數光陰，才能稍爲恢復……

——而今又再受傷！

他現在被裘無意一杖戳穿左肋。這跟當年邵流淚一劍自後刺穿自己背胸，甚是相近，彷彿新舊傷口，都同時痛了起來。

這種「痛」才是無可忍受的。

燕狂徒驀然生出了一種熟悉的感覺——逃！

當日之時，他本來也是寧可戰死，亦不肯逃的人。可是那次如果他沒有逃成，就活不到現在。

——他還要活下去！

他的「恐懼」一來，功力又打折扣。

縱然如此，趙師容和朱順水的攻襲，仍被他綠玉竹杖輕易封死。

然後他長身掠起！向蕭秋水拋下一句話：

「有緣我再來找你——」

他的輕功極好，正如武功一樣，他一旦掠起，便無人趕得上他。

但是一人居然彷彿比他更快，身形踰踉，但快若紫電穿雲，一下子抱住了他。

他大喝，把對方扭開。對方飛了出去，原來是丐幫裘無意。「神行無影」的名號，真不是浪得虛名。就這阻得一阻，燕狂徒背後又中了兩記力道，一記猛沈，一記深柔！

他猛噴出一口鮮血，藉勁斜飛而出！在眾人頭頂打了一個旋，消失不見。

朱順水、趙師容兩人面面相覷，長身正欲掠去追擊。

就在這時，人影一閃，一人作勢一攔。

朱、趙二人，以爲是燕狂徒反擊，心驚膽戰，連忙復身止步。

來人卻並無出擊，反而斜晃幾下，幾即摔跌，原來是新任盟主蕭秋水。

這阻得一瞬間，燕狂徒已蹤影全無。

群豪武功更差，要追燕狂徒，又談何容易，就這呆得一呆，燕狂徒早已不知奔出幾里開外。

趙師容急得跺足叱道：

「你幹什麼……要幫他逃脫!?」

蕭秋水自己也不知爲了什麼，自己要甘冒大不韙，阻這一阻，攔這一攔，事後自己尋思索解，也許動機出自於敬重燕狂徒也是一條好漢，而且大家乃是對他偷施暗擊，殺了他也有欠公道，於心不安，況且他是爲自己而受掌傷，所以才爲偷襲得逞的，所以在這生死攸關的當兒，他挺身出來，擋了這一下子。

可是他出來擋這一下，禍子可闖得大了。

有些人親眼目睹他居然救燕狂徒，臉都拉長了，憤然離去：「救」燕狂徒的意念，純粹是蕭秋水「良知」上的不安，別人又怎生瞭解，部分與燕狂徒有不共戴天血海深仇的人，還對蕭秋水破口大罵起來。

——如果燕狂徒真的十惡不赦，有一天，我就要和他公平地決一死戰，被他殺了，也在所不惜……

蕭秋水心中這樣想著，比較心安。

只是群眾是不聽解釋的。在他們心中，釀造一個英雄人物時熙攘熱鬧，放棄唾置時也同樣興味索然。

朱順水比較深沈。他知道蕭秋水此舉雖遭人誤解，但是聲威仍如日中天，一時無兩，而且蕭秋水是第一個擊中燕狂徒的人（連朱順水也未能看出燕狂徒是故意被擊中的），他雖放了燕狂徒走，然而武林中大部分人還是把復興中原的責任，企望在蕭秋水身上！

——現刻蕭秋水受傷頗重，一眼可知，殺他乃難逢之機。

——只是殺了他，自己逃不逃得過趙師容與這一干武林人物的圍攻之下？

朱順水想來想去，覺得還是「天下英雄令」重要。

他千方百計，利用高手潛入蕭家打探消息，遣「六掌」假裝懲罰蕭秋水而鵠的乃在「天下英雄令」，然後籠絡退無死所的蕭易人，目的也爲了可能還在蕭秋水手裡但下落不明的「天下英雄令！」

他也不清楚「天下英雄令」有何重大，只聽說，一旦得了天下英雄令，就可以有號令「天下英雄」的能力與實力。

——他自己也不敢肯定這消息是否確鑿無訛！

朱順水向蕭秋水說：「我安排你哥哥打擂台，爲的是控制所謂武林正道和主力，這個，我不說，想你也知道。」

蕭秋水盯著他，一字一句地說：「我知道，不然，我哥哥也不會在今天……」胸膛起伏不已，顯然十分悲憤，心緒不寧。

朱順水即道：「你知道便好。現在武林盟主，你當你的，只要把『天下英雄令』交出來便好。」

他怕蕭秋水的倔強脾氣會拒絕，著即道：「你現在受傷甚重，在我手下，走不過三招。」

蕭秋水搖頭。

朱順水怒笑道：「你要是不給……信不信我殺盡了這兒的人!?」

這時群雄皆轟然發出怒吼。「你憑什麼!?「你這通敵賣國的走狗，我們怕你麼!?」「卑鄙的東西，光有張嘴，管個屁用！」喝罵聲不絕於耳。

朱順水猙獰笑道：「好，給你們點顏色看看……」一甩袖，呼地打出一道沖天花旗炮箭。

眾人一愕，忽聽喊殺聲大震，四面八方不斷湧現大群三教九流的人物，和著朱大天王部屬，正掩殺過來！

群豪此驚非同小可，金人方面的武林人物蜂擁而至，最少有三、四千人，身在靠得較外圍的武林人，即慘遭屠殺，一時大家慌了手腳，欲四散奔逃，卻見四面包圍著鐵桶般緊密的兵馬。

此地本就是宋金交鋒之處，本來武林大會，宋金兩方都只敢暗中操縱，不敢正面干涉，不知如何，今日竟早已伏下如此重兵，企圖一舉殲滅武林群豪。

眾人大多數只顧奔逃，使得勇於作戰之士，也無從發揮，站在外線的人，被殺傷不少，蕭秋水幼讀兵書，見此情形，熱血賁騰，卻並不自亂，叱道：

「大家不要亂！金賊和漢奸既欺上門來，咱們就拚了，為大宋還我江山來！」

他雖已受傷，但中氣極足，如此一喝，全場震住，數千人的廝殺中，竟也清晰可聞。

眾人乍聽此番話，心緒較定，心想如此逃亡，不如一拚，便紛紛拔出兵刃，力鬥起來。

這些人都是武林中響噹噹的高手，一旦捨命相搏，氣勢大盛，而且大多是殺人不眨眼的老江湖，殺紅了眼後，真豁了出去，有人割下了三顆金兵的頭，嘿嘿大笑道：

「喂，老王八，我割了三個敵人的頭！」

被他叫「老王八」的傢伙，也兀自得地笑道：「我殺了五個金賊，外加一個漢奸走狗！」

說話時一不留神被一名金兵一刀刺中了他的背後；他朋友殺紅了眼珠，繼續苦拚。

蕭秋水明斷地大聲喝道：「現在以圓弧陣勢反擊！由梁大俠率正北方，林公子率正南方，孔別離守正西方，孟相逢居正東方，鐵星月佔東南方，邱南顧坐西南方，陳見鬼領兵西北方，洪華守東北方，李黑、胡福、施月、吳財等於圓心調集兵馬，全力守護，一旦我軍受傷，迅速調度……」

這時敵軍已團團包圍，蕭秋水施發號令，全不著慌，使得人心大定，以圓形圈陣，逐漸擴大，在第一道外線嚴密封守，一旦前線有人受傷，即圈內有人挺上，一時間局勢扳了過來，盡管金兵包圍攻打，圈內守得如鐵城一般緊密，反而擴展領域，以八個方向漸漸突圍而出。

八方領軍，加上有中心策劃，後翼隨衝，武林群豪各自加入不同的方面軍團，組合一成，聲威大振，所向披靡，只是朱大天王所伏下的內奸不少，在圈內施狙殺，在武林軍兵裡發動，蕭秋水也有所發覺，這種情形大喝道：

「還我河山！」

「神州無敵！」

連喊三聲！武林群豪禁不住也跟著喊，每吶喊一次，便如萬濤排壑，衝殺出去，金兵將抵受不住，連連後退。

金兵本來聲勢如虹，軍紀甚嚴，以爲這些所謂中土武林之士，乃烏合之眾，一衝即散，再逐個誅殺，豈料而今這批人竟因此聯成一氣，敵愾同仇，眾志成城，而且經蕭秋水叱喝，武林高手一聲大喝「還我河山」、「神州無敵」！聲威之大，真是聲震天地、撼山河，不但金兵節節敗退，連混在眾人之中的朱大天王所安排的內奸，也在這浩氣及正氣的喝聲中變了臉色，隨波逐流，有的不敢下手，有的良心發現，倒戈相向，對抗起金兵來了！

原來群眾的意識，一旦演化成浩大的衝決，便難以收拾，只要控制得住，可以作出任何驚天地、泣鬼神的事，這些潛入武林群豪中的臥底，泰半爲朱大天王所迫而爲，並非喪盡天良之輩，而今在這等大漢天聲的場面下，反而澈悟前非，意志力反受群豪影響，爲國殺敵起來！

稿於一九八〇年四月七日
第七屆「少年遊」紀念日前一週
重校於九三年七月廿五日
意外獲款，方何梁喜不已／「大吉」、「大利」由大房遷出大廳／迷開始對水晶生迷／「風采」刊出我訪問及「談幻說異」系列／得「玲瓏塔」、「龍紋」二寶／二妹大讚「戰僧與何平」／海病重入院
修訂於一九九八年一月六至八日
梁赴圳取訂金二萬／何一失一得，有膽有功／和打破葉眼鏡，賠／買VCD機在卜卜齋／大買月曆

第七章　還我河山

一　唐方

朱順水見蕭秋水身受重創，尚且指揮若定，心中又妒又恨，大喝一聲，一揚手，一爪向蕭秋水抓來。

蕭秋水猛吸一口氣，飛閃八尺，但他剛才運用丹田之氣說話，已大大傷身，而今急閃之下，又牽動全身傷痛。

就在這時，朱順水那一爪，又到了眼前！

蕭秋水真箇喫了一驚，那一爪不是明明避開了嗎？卻又不容喘息，劈面抓來！說時遲，那時快，朱順水的爪子，竟暴長八尺，抓中蕭秋水——卻不是他的身子，而是把他懷中的令牌，「嘶」地抓了出來。

蕭秋水這才看清，原來爪子未端，系有一鏈索，朱順水抽出的是飛索鋼爪，是一件兵器，而並非真箇是他的掌爪暴長突伸。

蕭秋水這呆得一呆，「天下英雄令」已被這靈巧霸道的飛索鋼爪抓走。

朱順水心中一喜，正想收爪，奪得「天下英雄令」就走，詎料半途一條絹帛，「呼」地捲住了飛爪，扯在一起，兩不放開。

捲出彩絹的人當然是趙師容。

在戰鬥中的趙師容，更顯出一種明媚得令人怦然心動之風姿。

朱順水怒叱：「趙師容，還不放手！」

趙師容清越地笑道：「朱順水，你唬得著別人，唬不倒我。天下英雄令……誰搶到便是誰的！」說著一分神，只覺一股大力湧來，畢竟她內力不如朱順水沈厚，幾被奪去，不禁更專神以赴。

蕭秋水眼見「天下英雄令」被奪，心中一急，當下不顧一切，長掠而起，向令牌撲去，朱順水、趙師容不約而同都將絹、索一擰，引開蕭秋水這一撲。

這時三人各盡所能，竭力設法搶取「天下英雄令」。

朱順水突然抽緊飛索，決意仗著大力，把趙師容拉近身邊，殺了再說。

論內力深沈，趙師容確有不如，但論輕功，趙師容則輕如飛絮，她猝然放長絹帶，飛身而起，急取令牌。

朱順水一凜，一掌迎空劈出，趙師容接過一掌，被迫落地，這時蕭秋水一劍斬向絹帶和鐵索，擬以他削鐵如泥的寶劍，斬了絹、索，令牌定必掉落。

趙師容、朱順水怎肯讓蕭秋水得手，騰出空的一隻手，齊攻向蕭秋水，破解了蕭秋水的攻勢。

這三大高手，數鬥不下，「天下英雄令」依然在絹、索之上，無人奪得。

就在這時，長空一閃，一人大喝一聲，閃電般掠過，當三人瞥見之剎那，已抓得「天下英雄令」，撲入人群之中，夾著一聲大叫：「謝了」！遁去不見。

但在這快如閃電的瞬間，朱、趙、蕭的三掌，同時擊在那人背上，三人都不肯定擊中對方沒有，那人卻頓也不頓，三人卻同時倏變了臉色，叫了一聲：

「燕狂徒!?」

燕狂徒居然身罹重傷之下，並不立即逃離，還匿伏附近，且在此刻急遽現身，奪了「天下英雄令」再走！

——這份狂傲！

——這種膽魄！

三人呆住。朱順水罵了一句：「操他奶奶個熊！」趙師容歎道：「真可惜！」蕭秋水脫口道：「好氣魄！」

朱順水頓時把滿腹怨氣，都發洩在蕭秋水身上，當下「嘿、嘿、嘿」地笑了幾聲，掌勢微提，向蕭秋水行來。

蕭秋水知這人定不會放過自己，而自己又重傷未癒，心中微驚，但沈著不懼。

朱順水走前三步，驀然頓住。

忽然大笑三聲，鐵衣一閃，劃空而去。

——朱順水的武功，加上蕭秋水現在身負重傷，要殺他本是不難，因何要走？

只聽蕭秋水道：「謝謝妳。」

他這句話是向趙師容說的。

趙師容淡淡一笑道：「好厲害的朱順水。他向你迫近時，忽然警覺到我站在他背後，只要他一出手，就遭到我和你的前後夾擊……他不想冒這個險，而且也沒有勝算，當機立斷，立刻就走，連話也不多說一句！」

蕭秋水誠懇地道：「若不是趙姑娘身上所激揚的敵對之氣凌及他背項，今番我決計逃不過他掌下。」

趙師容莞然道：「其實今日不是有你，只贕我一人，朱順水也定必殺我。究竟誰救了誰，可說不定。」

蕭秋水沈默一下，即道：「論武功趙姑娘絕不在他之下，今日還是蒙姑娘相救……」說著闖入重圍，連傷數名金人高手，卻覺趙師容又到了他身邊，舉手投足間也殺了幾名金人，一面笑道：

「至少我們還算同一條道上，不似朱順水那般道不同不相爲謀。你爲保國而生死無懼，權力幫也是，只不過策略上不一樣而已；李大哥要求先統一武林而後作戰，先安宇內後始攘外敵，你主張各家併立先向敵寇開戰……」

蕭秋水大吼一聲，眼見一人，欲自背後刺殺胡福，及時揪出，一劍扎去。並道：

「——至少我們都不是漢奸！」

趙師容在戰亂中依然風韻綽約，談笑風生。蕭秋水大發豪興，長聲喝道：

「還我河山！神州無敵！」

眾人跟隨著一面叱喝，一面奮勇殺敵。蕭秋水又喝了一聲：

「還我河山！」

眾俠喧天囂地接著嚷道：

「神州無敵！」

這一場長板坡的交戰，宋方在軍心大振之際，自然勢如破竹，連連大捷。

這一來，群豪中不乏愛國志士，當下風起雲湧，於此役中奮亢大志，要收復河山，向蕭秋水請命，武林亦應竭盡棉力，長驅中原，殺敵報國。

這正合乎蕭秋水報國之志。他率領這一群熱血且有通天本領之士，到處打擊敵軍，確實作了不少非凡事，兼且收復了不少失地，使一千數十年來自相殺戮的武林同道，團結起來，「拳打天下豪強，使弱者揚眉！腳踏四方惡霸，替冤者出氣！」並且招攬兵馬，準備會合岳飛大軍，直搗黃龍。

這些日子以來，倥傯兵馬，征人無淚，在征途殺伐裡、運籌帷幄中，蕭秋水發揮了高度的練軍佈陣能力，成爲金人胡虜驚慴的一支「天兵」！

梁斗、孔別離、孟相逢、林公子、鐵星月、邱南顧、李黑、胡福、施月、洪華、大肚和尙、陳見鬼等人，一直隨蕭秋水東征西伐，分掌武林豪傑調度大權，從率性闖蕩江湖，行俠仗義，到爲故國河山立下蓋世功名事業！

甚至連權力幫，聲威漸不如前，李沈舟雖一直也忙他的大業，一直未曾和蕭秋水再度碰面，但每於要緊關頭，亦派遣他座下愛將趙師容以及「刀王」兆秋息、「水王」鞠秀山前來相助。

這兩年來，蕭秋水自是成熟不少，兵荒馬亂，妻離子散，見得多了，心腸也硬了，每每想到蕭易人之死，總憶起李沈舟曾在峨嵋金頂上對他說過的話兒：「……我不殺你們（蕭秋水和皇甫高橋），除非他先殺了你，或者你先殺他之後……」蕭秋水直到此，才能瞭解李沈舟的深意！

每逢征戰沙場，狼煙四起，軍營野地，羌笛悲奏的明月夜下，蕭秋水除了想起家人外，還總深念著唐方。

——唐方，唐方。

自從峨嵋山上之後，蕭秋水就沒有再見到唐方了。既沒魚雁，也無訊息。唐方好嗎？

「武林四大世家」、「三大奇門」，只剩下了慕容、唐、墨三家。慕容家還派出高手參與義軍，其中慕容恭因而戰死，墨家一直自囿爲政，雖殺蠻兵，但向不跟外姓子弟戮力。唐門卻一直沒有音訊。

——唐方，唐方，妳可安好？

這兩年來，狼煙處處，蕭秋水戎馬倥傯，幹出了不少驚世駭俗的大事，與一干結義兄弟，雖不受朝廷約束，亦爲國盡忠。義軍麾下，也有岳軍走散的兵將，更重用他們所長，決勝千里。但在蕭秋水心中，這一切皆十分孤寞。軍中兄弟，一一逝去，江山代有才人出，長江後浪推前浪，又是新的一批臉目出現。蕭秋水的心境，卻在喊殺滔天之餘，有蒼老了。

「霜降碧天靜，秋事促西風。寒聲隱地，初聽中夜入梧桐。起瞰高城回望，寥落關河千里，一醉與君同。疊鼓鬧清曉，飛騎引雕弓。歲將晚，客爭笑，問簑翁：平生豪氣安在？走馬爲誰雄？何以當筵虎士，揮手弦聲響處，雙雁落遙空。老矣真堪愧！回首望雲中。」

吟及葉夢得詞，心中感慨，不能成眠。想當年闖蕩江湖，爲一首詩趕三百里，爲一頭小狗不惜大動干戈，鬥惡人，戰權力幫，挑朱大天王……他畢竟還是那「爲騎駿馬而上京應試」的蕭秋水啊！

這時明月無限姣好，他忽憶起昔日與唐方並轡飲馬烏江時，唐方見到美麗的風景時，總是「呀」地清叫了起來，急著用手連拍他馬鬃，指給他看，可是馬匹馳騁何等之快，那美景一下便過去了。蕭秋水見唐方噘起了嘴兒著急，便笑著控馬回去看個究竟，有時是一樹清白的花，有時是一河塘的浮萍。

那時唐方就會說：「你看，好美，好美，那荷葉好大，」她生怕蕭秋水揣摸不出來，用手比給他看，「好大，好大的葉子，」她認真地說著，眼瞳裡發出稚氣的光芒：「下雨時，可以當作雨傘。」說著駿馬一甩，她幾乎被抖下馬來，蕭秋水急忙疼惜地扶住，唐方雪白的臉飛紅了一片……

那旖旎風光，而今都成了咫尺天涯、生死不知的掛念啊。蕭秋水只感到一種淡若茶氣的悲哀，氤氳心頭，久久不去。他合乎詩的個性，每每幾乎促使他扔下兵馬生涯，去蜀中尋找唐方，但前方緊急，他又不忍離棄為國盡忠的兄弟們。

蕭秋水長吟：「故都連岸草，望長淮依然繞孤城。想烏衣年少，芝蘭秀發，戈戰雲橫。坐看驕兵南渡，沸浪駭犇鯨。轉眄東流水，一顧功成。」吟著吟著，心中生了一種強烈的意思：去找她，蕭秋水，去找她。

——或者，帶這班兄弟，暫離這慘絕人寰的戰場，無拘無束，遨遊一番……

（可是一寸山河一寸血啊！）

——或者，孑身一人，黑馬青衫，作小小的隱憩……

（可是那待救的千萬生靈啊！）

蕭秋水拋不開、也放不下。想到昔年神州初結義，當然不及現在千萬人同呼「蕭大哥」、「蕭盟主」的風光，但更雄姿英發。當日出劍廬之際，發足奔馬，濺水如雨，唐方在風中的烏髮舞揚起來，捧了一雙手的小果果……

（江南可采蓮呀！）

就在這時，蕭秋水忽然恍惚聞到一陣琴聲。依稀是琴聲。真的是琴韻！而且是揚琴輕奏「將軍令」之韻律！蕭秋水只覺一陣激動，喉頭一熱，心中不知呼喚了幾千聲：「唐方，原來妳果真沒死，妳活得好好的。」這樂音正是昔年他在浣花劍廬，大戰「三才劍客」時，唐方和歐陽珊一合奏的，那時唐方彈的正是揚琴，彈的正是這闋曲子。

蕭秋水只覺心中一股熱流，淚奪眶而出，便再也按捺不住，簌簌而下。這時的蕭秋水，歷年來輾轉苦戰生涯，已不似當年玉樹臨風、滴塵不沾的樣子，而成了滿絡鬍子，風塵滿腔，唯雙眉猶飛揚，雙目仍然霍霍有神！

蕭秋水遁聲尋去，心中一股熱流，不住沖擊著自己，心中正千喊萬呼：「唐方，只要一見，我死也情願。」唐方在哪裡？——月色下，只聞琴韻，不見伊人。

此刻蕭秋水的武功，已非昔可比，他的浣花劍法，加上梁斗的刀法及杜月山的「濛江劍法」，已完全能淋漓發揮，他所學得的八大高手武功，已臻爐火純青之境，而且將昔日「六掌」本擬交予天正之武當、少林兩派武藝融匯貫通的心法，亦已學得。

原來朱大天王交予天正的這本「少武真經」，雖言明是少林、武當兩派武藝的融合，去蕪存菁，實則是朱大天王研得一半、另一半尚未有結果的紀錄，事實上，如全照「少武真經」所指示練習，反而導致走火入魔，癲狂而歿。朱大天王才不會爲得蕭秋水「一條胳臂一條腿」而將自己武功精華（能融匯武當、少林兩大派武功，自然是不世巨獻！）贈予他人，他反是想藉此獲「天下英雄令」，及藉此使天正利令智昏，誤學真經，內息錯亂，藉此除去大敵。

可是他的如意算盤，盡皆落空，真經爲蕭秋水所得，天正已歿，蕭秋水恰好兼少林、武當兩家之長，又有朱大天王一派的武功護身，所以不受其害，反而引用了權力幫兩大護法的武藝心法，以「少武真經」前半部作爲基礎，再憑了他個人聰悟天資，居然創出了少林、武當兩家融會之法，並且更頓悟了權力幫與朱大天王武功合併法門；如此一來，蕭秋水武功突飛猛進，遽增進不可以道里計，真正超越了當年天正的武功！

他一面領兵征戰，一面在衝殺中頓悟武功，功力陡進，但心境也愈漸蒼涼。昔日鮮衣怒馬，今日「悵平生、交遊幾許，只今餘歲？」而今乍聞琴聲，心念唐方，一時悲喜交加，施展輕功來，提縱起落，如飛趕去。

——昔日奏將軍令，與唐方合奏擊鼓的是歐陽珊一，如今是誰？

——如果是男子，唐方會不會已……

這時月夜下，視野豁然一清，蕭秋水已看見吹奏的人，竟然不是唐方。

蕭秋水整個腦門都似轟然一聲，失望至極，釘在原地，呆在當堂，也不理會是誰在這兵戎殺伐的戰場上，向著屍體吹奏的理由，神不守舍、黯然吟道：

「……千歲八公山下，尚斷崖草木，遙擁崢嶸。漫雲籌吞吐，無處問豪英。信勞年空成千古，笑我來何事愴遠情？……」

一時只覺天地雖大，月色雖好，但悲不能自抑，且無地可以容傷孤之身。陡想起章殘金、蕭易人死前，都說了一聲：

「寂寞呀……」

心頭一愴。只恨不得立時死了，反而好過，忽聽一人道：

「河山變色，滿目瘡痍，你這就想輕生，大志消沈，對不對得住殷切盼待的唐方？」

二　姜氏兄弟

這一問如當頭棒喝、冷水澆背，使得自傷怨中的蕭秋水，驀然一醒。

只見月色之下，盤膝奏樂的三個人，輕舒袍袖，緩緩立起。

蕭秋水認得他們。他們就是四度出現、神龍見首不見尾、而且武功一次比一次厲害的「三才劍客」。

笛劍江秀音。

胡劍登雕樑。

琴劍溫艷陽。

蕭秋水曾四度與他們交手，四度敗在他們手上，又四度反敗爲勝。——他們是誰？爲何每次在我想念唐方時候出現？爲何每次飄然而來、隨即又杳然而去？爲何以他們的武功，在武林中並無享得盛名？

蕭秋水對他們有著太多的疑竇，月色下，一時間也不知該揀哪一件先問。

江秀音含笑地眄著他，一開口就說出了蕭秋水的心事：「你有很多話要問我們，一時又不知撿哪一件先問，是不是？」她笑笑又說。

「沒關係，慢慢來。上次跟你碰臉時，已經說過，下次再見到你，必定告訴你箇清楚。……你不要心焦，我們先不走。」

蕭秋水的確怕「三才劍客」又如同上幾次一般，來無影、去無蹤，江秀音如此說了，他才定下心來。他在沙場久戰，已學得臨大軍壓境而指揮若定，唯不知怎的，一想起唐方，心如刀割，大氣消沈，神志也不如那末穩定了。

登雕樑沈聲道：「你要問什麼，你問罷。」

月色下，忽聞遠處有胡笳聲起，肅殺、而哀怨，真是一夜征人盡望鄉。蕭秋水抬起頭來，月芒閃在他久經憂患而不老的眼眸裡。

「你們是誰？」

三人沒料這一問。相顧而笑。

「胡劍登雕樑。」

「笛劍江秀音。」

「琴劍溫艷陽。」

蕭秋水苦苦思索著。他好像面臨一個冗長如江湖歲月的故事，一下子，不知要挑出哪一條線索先問。因爲抽不出哪一條主線，這故事任何線索都是開頭、都是結尾。溫艷陽卻先替他擇了那線頭：

「我們碰過面四次，可是都只與你比劍，沒有傷你，有一次反被你朋友所傷，你可知道原故？」

蕭秋水搖首搖得博浪鼓似的，眼睛平平地望著他。這眼神卻充滿了疑問。

蕭秋水確與「三才劍客」碰臉過四次。「劍氣長江」中，蕭秋水在劍廬突圍，到了桂湖杭秋橋，乍聆三人樂藝，後猝不及防，受這三人夾擊，蕭秋水以「浣花劍法」對敵，終於落敗，唐方、鄧玉函、左丘超然及時趕到，救了蕭秋水，並由唐方傷了登雕樑。第二次碰面，係在蕭秋水跟大俠梁斗等，被困於丹霞山上，山海關前，三人搶關，蕭秋水以「雙分劍法」應敵，終於落敗。第三次碰面，「英雄好漢」裡，浣花溪聽雨樓中，蕭秋水遭三人合擊，初時不敵，後唐方趕至，奏「將軍令」，蕭秋水施「斬琴劍法」得勝，三人逸去。第四次碰面，亦是最近一次相遇，「在闖蕩江湖」一節，蕭秋水從華山「鷂子翻身」登上棋亭，上不到天，下下到地之際，忽遭三人攻擊，蕭秋水又敗，後來擊滅樂音，反而獲勝。這三人前四次出現，劍術一次比一次高，蕭秋水的武功也是一次比一次激進，但這三人的身份，也一次比一次更不可思議、更神祕莫測。

溫艷陽所提的，正是蕭秋水所最想問的。

溫艷陽笑道：「我們第一次碰著你時，的確是權力幫『三絕劍魔』孔揚秦的徒弟，但在第二次見面的時候，我們已不是人。」

蕭秋水詫訝、奇問：「不是人，是什麼？」

溫艷陽答：「是書。」

蕭秋水愕然：「什麼書？」

溫艷陽說：「忘情天書。」

什麼!?蕭秋水愕然，且似被劍刺般舉目，只見溫艷陽態度認真，半點不似戲謔的樣子，蕭秋水禁不住再問了一次：

「『忘情天書』!?」

溫艷陽肯定地點頭，道：「忘、情、天、書。」

蕭秋水動容道：「你、你說你們不是人，而是一部書，一部忘情天書……這……」

登雕樑平靜地看著蕭秋水訝異震驚的表情，篤實地道：「確實如此。」他旋又補充：

「江秀音是『忘』，溫艷陽是『情』，我是『天』……我們三個合起來，就是『書』……武林中夢寐以求的『忘情天書』，其實根本與燕狂徒沾不上關系，他也在尋搜這部『書』，卻不知我們三人，就是『忘情天』的『書』。」

蕭秋水喃喃道：「我不相信、我不相信。」

登雕樑淡淡地道：「騙你卻又作什麼？——那次在桂湖『聆香閣』我們敗退，本來就無意回到權力幫去，嚴格來說，孔揚秦也不能算是我們的師父，我們對音樂的興緻，本就來得比學武大。於是我們想在浣花溪附近，覓得一清宓之地，供三人彈唱鳴曲，豈知在無意間發現了一道甬道，直達劍廬，我們好奇心重，循路過去探看……」

浣花蕭家確有此甬道。當時蕭西樓及蕭夫人已潛遁而出，半途卻被朱大天王的人所殺。後來蕭秋水等一行人隨甬道而出，恰巧捕獲與和尚大師劇鬥後的柳隨風。

「這甬道直通你家大廳，我們很納悶，那時權力幫早已在外佈下天羅地網，裡面卻沒有人，我們隨意跑跑，就到了『見天洞』，卻被一些東西吸引住了……」

蕭秋水聽到這裡，不禁也專神起來，他自幼在家裡亂闖，只是不敢到「見天洞」去鬧，因「見天洞」是祭祖之地，也是歷代浣花高手屍身停柩之處，蕭秋水只覺鬼氣森森、肅穆異常，而且守洞的丘伯又是陰陽怪氣，便不敢也不想接近該地。

「那祭祠的石洞內，停放著許多副棺木，我們初看當然不覺得什麼，家裡祠堂有先人的棺木，並沒什麼稀奇，卻見其中一副棺材特別大，棺上所鏤雕的花紋也特別精細，而且紋路奇特，於是我們趨向一看……」登雕樑說到這裡，停了一停，江秀音接道：

「原來棺上所刻的，都是樂譜上特別的音符，其中有幾個古怪的音律，為近代所不傳，幸而我們鑽研樂理，已十數年，所以還是認得出來，覺得此曲只應天上有，於是不禁駐下來試奏，居然搭配出一首絕妙的曲子來。那棺槨旁又擺著一些陳舊的樂器，我們便依據著曲譜彈，居然奏得更好，而在這時，那棺蓋便軋軋開啓……」

蕭秋水聽得睜大了眼，聽到此處，禁不住叱道：

「胡說，哪有此等事情。」

江秀音抿嘴一笑道：「當時我們也不敢相信自己的眼睛，以為真是見鬼了。後來才知道，那棺蓋上裝有極其精巧的機括，旁邊所故意置放的琴箏笙，只要按照棺蓋上的曲調彈鳴，便等於旋開了機關。我們仔細檢查之下才知道，如果我們強行開棺，則必中棺中所佈置極其犀利的毒矢身亡。」

登雕樑這時將話題接了過去：「當時我們十分好奇，湊近一看，原來棺中有兩副骨骼，一本冊子，我們開始以為是閣下祖宗堂有什麼癡男怨女，生死相隨，纏綿徘側，死在一起……」

蕭秋水啼笑皆非，罵道：「胡說八道！」但也引起了極大的好奇心，當下目不交睫地聆聽下去。

「大哥你就快說，蕭秋水可急了哩。」溫艷陽說。

登雕樑橫了溫艷陽一眼，侃侃說了下去：

「後來翻開那本冊子一看，才知道不是。那本冊子上將這兩人因何葬在這裡、因何而死、因何要在棺上裝如許機括，以及因何而設，詳盡書明……你道這兩人是誰，原來就是數十年前名震江湖、所向無敵的兩個人，姜任庭與姜瑞平二人！」

「啊！」蕭秋水大吃一驚，腦子裡亂哄哄的：姜大和姜二的故事，蕭秋水一再聽二哥蕭開雁說起，說是爹爹常常提及的，而這「姜氏雙俠」，曾是武林中最有實力的二人。至於這二人何故葬在浣花「見天洞」祭祠中，蕭秋水可一點也不明白。

「當時我們也覺納悶。」登雕樑瞧出蕭秋水的疑問，說：「後來詳讀書中所寫，方才明白。」

蕭秋水便想再問，這次由溫艷陽接道：「書中說明了姜大和姜二兩人，互相爭鬥的經過，最後兩人拚得筋疲力盡，終遭『權力幫』創幫的七人所滅。姜大和姜二原來在這之前，都作過復合的努力，姜二更感歉疚，但數次拋棄功名事業，懇求姜大原宥，姜大卻秉持其弟乃叛徒之心，屢次堅拒。互相耗費、爾虞我詐的結果，終為『權力幫』所滅。」

溫艷陽敘述得比較爽快：「姜大姜二遺書中言明，『權力幫』中之李大、陶二、恭三、麥四、柳五、錢六、商七七人聯手狙擊，殺得二人重傷不治，但姜氏兄弟垂死時聯成一氣，也誅殺了陶二、恭三和商七……」

蕭秋水不禁咋舌道：「好厲害，陶二、恭三、商七也是他們兄弟殺的？」

原來江湖上也盛傳那一段。彼役如不是「姜氏兄弟」的「天下社」被「權力幫」所毀，「權力幫」就不可能有今日之聲勢浩大。唯傳言中麥四麥當豪和錢六錢山谷確係死於姜老大、姜老二之手，卻不知連陶二陶百窗、恭三恭文羽、商七商天良都死於這「橫掃天狼」姜任庭、「威震神州」姜瑞平兩兄弟的手下。如是，「姜氏兄弟」的武功更深不可測了。

「確是如此。」溫艷陽接道，「唯姜氏兄弟已身受重傷，眼見不治，也心知自作孽、不可怨，為兩人之不睦，大大懊悔起來，那時李大李沈舟已抽手而去，柳五柳隨風卻依然率兵追殺。姜氏兄弟與令祖蕭棲梧份屬友好，乃逃到浣花來……」

蕭秋水心裡又「呀」了一聲，恍然而悟。

——難怪父親常與我們兄弟說起姜氏的故事，原來是祖父對他說的……

「書裡面寫得很清楚，你祖父收留了他倆，因怕權力幫追擊，也沒敢張揚，」江秀音把敘述接了下去：

「姜氏兄弟臨死前，要把武功授給令祖，就是『忘情天書』，你祖父那時已病危，自知不行，但又眼見時下兩個兒子不睦，於是就拒絕了……」

蕭秋水又了然了。那時蕭棲梧得二子，就是蕭西樓和蕭東廣，後因為爭祖產而分裂成「內浣花劍派」、「外浣花劍派」，做老父的苦勸不聽，眼見姜氏兄弟曾因此而一敗塗地，而今又睹兄弟鬩牆，是何等痛心啊……

江秀音見蕭秋水呆呆出神，嗔問：

「喂，你有沒有在聽呀？」

「有，有。」蕭秋水如大夢初醒，心中卻想到，叔父蕭東廣在祠堂附近守護了十幾年，結果只揭發了個假裝忠僕的辛虎丘，卻不知臥虎藏龍的蕭家祠堂，有如此武林夢寐以求的「忘情天書」，因為不諳音律，寶藏近在眼前，依然不識……

江秀音掩嘴笑了笑，繼續道：

「你祖父有鑑於家中內亂，不欲增強兒子的武藝，而造成更狂暴的腥風血雨，而且也不想偏袒任何一方，己身又危在旦夕，故堅拒不受。姜氏兄弟無奈，只望蕭棲梧不接受，但祕笈仍為蕭家後嫡所得，也算報答了蕭家之恩。兄弟倆又怕別人對他們的遺體不敬，故雖將祕笈藏於棺中，卻又裝好機簧，萬一有人為寶而破棺，即戳他個萬箭穿心。……書中言明他倆素喜音樂，也樂見門徒有一顆傾向藝術心靈，所以精心設計一首曲子，讓有緣人開此機杻，姜大姜二心中是以爲到蕭家祠堂獲得此書的人，自然是蕭家後代無疑，怎料反而讓我們誤打誤撞，得了此書……」

三　忘情天書

登雕樑沈聲道：「姜大姜二，就是因爲這點胸襟狹仄，所以才反目成仇，互相猜忌，導致人亡事敗的。……而今雖然感激蕭家，仍怕蕭家後人，對他們不敬，故設下陷阱，可說死性不改……書後所錄，盡是武功，即『忘情劍法』菁華所在。」

溫艷陽接道：「敢情令尊也不知道，棺中有此等重大祕密，所以置於一旁，沒有發掘。令祖逝時，恐怕對武林打殺血腥，早生煩膩，所以也沒告訴任何人。如我們不是恰巧進入『見天洞』，『忘情天書』就要失傳後世。當時我們對這祕笈並無多大信心，又怕柳五總管得悉，所以背誦默記，放回棺中，以免被發現……」

蕭秋水何等精細，立即問道：

「柳五怎會知道此事？」

江秀音瞟了他一眼，答道：「我們攻打蕭家，便是柳五指揮的，原意跟李幫主無關。柳五要滅浣花劍派，只要他親自出馬便就得了，何必要花那麼深謀遠慮、耗財費時的佈置和設計，想來他是最後追殺姜氏兄弟者，敢情已知姜任庭、姜瑞平有此『忘情天書』，暗中窺視已久，故此百般觀察令尊，各方試探，才得悉令尊不但沒有學會，而且全不知情，才敢全力出擊。到後來卻出現個程咬金——朱大天王——把令尊等殺了，祕密也就永埋棺中。」

蕭秋水回心一想，不禁黯然長歎。後來權力幫見蕭秋水等確不知有此祕笈，於是縱火焚燒，「忘情天書」偕姜氏兄弟的遺體，也從此火葬於浣花溪畔。

「諸位告訴我這些，兄弟很是感激……」蕭秋水頹然道，他腦中掠起許多武林的恩恩怨怨，確有些心灰意懶起來，便想告辭。

「慢著，」江秀音叫了起來。

「我們告訴你這些，是有目的的。」溫艷陽接道。

「我們是要你學『忘情天書』！」登雕樑沈著而謹遵鈞諭也似的道。

——學「忘情天書」？

蕭秋水怔了一下，隨而笑得一絲留戀也無，道：

「感謝三位盛情。姜氏二位老前輩雖一心欲將武功傳於蕭家的人，但在下並非有緣人，三位不必於心不安，特意相授。三位好意，在下心領便是。」抱拳拱手，就要離去。

「喂喂喂，」江秀音急嚷道：「你別走。」

「你還沒有弄清楚我們後來三次圍攻你的深意。」

登雕樑寒著臉，加上了這有力的一句。

——這一句話使得蕭秋水果真停了下來。

「是呀，這倒要請教。」蕭秋水問。

四人旋又盤膝坐了下來，溫艷陽率先道：

「我們對你後來三次襲擊，都無惡意，只想試試你的功力，每藉權力幫出現之時現身，讓你不生疑慮，而傾力出手。事實上，『忘情天書』上的武功，都給我們一一默誦下來了，然而卻並不適合我們所學……」

「哦？」蕭秋水大惑不懈。

「第一，『忘情天書』的武功，十分怪異，著重的是境界、感悟、情態、氣勢，這四方面我們都不如你。第二，『忘情天書』的武功，只適合一人所學，姜大姜二兩人合擊，反而致使心意不能相通，學習愈精專，愈加苦研，結果二人感情愈易決裂。我們三人同習，所得結果也如是，如不緊急懸崖勒馬，我們三人，也如姜氏兄弟下場，自身性情不由控制，後果不堪收拾。第三，我們三人，原本對音樂有莫大喜愛，寄情於山水，仍平生夙願，對於武學一事，本就看得極淡，而今學了『忘情劍法』，反而心裡有一股隱伏之野心，不安於樂理，我們三人在爭吵後互相點醒，覺得此風不可長，但『忘情天書』，奧妙無比，如此棄之，未免可惜，故想將這絕世武功，傳授於你，我等就天涯海角，放浪山水，閑寄餘生，豈不樂哉……」說罷嘴角泛起恬淡的笑意，喜不自勝地又接道：

「蕭少俠可記得，咱們在新都桂湖一戰時，蕭少俠勸誡我們說：不是佩服你們的劍好，而是佩服你們的音樂好。」又說：『那還是很好很好，很好的音樂，為什麼你們要個別奏，而不合奏，看你們出劍配合之高妙，了無形跡，是絕對能合奏出更完美和諧的音樂來。』蕭少俠的話，使我們三人驀然一醒，深心銘記，我們有次因習『忘情天書』上的招式而爭吵起來，拔劍欲鬥，幸虧一起憶起蕭少俠的勸言，才赧然住手——這幾年來，為了『忘情天書』，反而荒廢了音樂，直是慚愧。再如此下去，怎生使得！還是快快棄劍，但如此精妙劍法，棄之可憾……所以待傳給少俠之後，我等方才可以置下心頭大石，棄劍鳴琴，而不須自艾愧疚於姜氏雙雄……請少俠成全這點罷。」

蕭秋水覺得甚為訝然，一時也不知如何是好，問道：

「三位為何不另選良材……？」

江秀音「噗哧」一笑，道：「真正的良才璞玉，便在眼前，又何必苦苦去找？」

登雕樑瞪住蕭秋水道：「我們不選擇你，又選擇誰？現在中原烽煙，家國垂危，我等隱身退去，已輾轉難安，如將這絕世武功，授於歹人，則如何能安？而你若決意推拒，此劍法若落奸賊之手，你又有何臉目面對蕭家先祖？……」

這一番話下來，義正詞嚴，蕭秋水憾然。溫艷陽比較平和、微笑接道：

「何況我們學得的『忘情天書』，本就是姜氏二位前輩，一心傳給蕭家子弟的，現下轉授給你，不過是物歸原主，你又不需拜我們爲師，何苦堅拒？這幾年來，我們暗自跟蹤，觀察閣下已久，閣下任俠性情、堅守志操、以及英雄風骨，恰恰都是學習這『忘情天書』的最佳人選，蕭兄弟如不想學，那與國家何益？與民族何補？如對天下世局有益有補，還拒之千里，則未免太矯情一些了！」

蕭秋水頓陷入沈思之中，江秀音等心知已等語言，已生效用，當下笑著接道：

「少俠不忍看此絕妙武功，誤落歹人之手罷？也不願我等三人，爲了武藝，互不相讓，而導致精心創編之《天下有雪》曲子，不能和鳴並奏罷？……」

蕭秋水乍聞詫問：「《天下有雪》……？」

江秀音笑道：「是我們三人合作的一首曲子……」

登雕樑苦著臉道：「因爲學習『忘情天書』，是以我們三人一直未能完成『天下有雪』……」

溫艷陽惋惜地歎道：「否則，當可奏獻蕭公子清聽……」

蕭秋水苦笑，揚了一揚手，道：

「只可惜爲了『天下有雪』，我就要變成『寂寞高手』了……」

江秀音與溫艷陽同時喜而呼道：

「你答允學了!?……」

蕭秋水沈重地點頭。登雕樑也欣慰地道：

「我等暗中留意蕭兄弟已久，蕭兄弟對情一字，深心堅守，對唐方姑娘，始終未能忘情，其中於心轉側，正好適於學習『忘情天書』。又蕭兄弟雖性格變易不少，人在江湖，劫難何多，但善良不泯；如昔年當陽一役，蕭兄弟對裘大俠橫死一事，一直深疚於心，對唐肥奸徒，又網開一面，饒而不殺……如此心腸，學得忘情，乃最好不過！」最後數言，乃漫聲而道，語重心長，主要的是點省蕭秋水。

這時月明夜靜，蕭秋水恍惚之間，又回到了當日熱衷學武，酷愛作詩、鮮衣怒馬、劍作龍吟的初戀心情。心中似弦琴般微微輕蕩著，不知是喜悅，還是難過。想當年，他少年時，也曾夢想能僥倖獲得祕笈靈丹，遂而天下莫敵的呀……而今竟都一一際遇上了，卻失去了那份振奮心情。

「好，要勞三位費心了。」蕭秋水毅然道，心中卻暗自有一個好玩的念頭：他日學會了「忘情天書」，把這等武功，再謄錄一遍，藏於某處，讓後輩有緣人得之。這不是千百年後，另一個少年的夢想得償麼……豈知他這一番異想，些微童稚般的作爲，卻掀起日後江湖上一番凶濤險浪，風雲詭變。

要知道昔日長板坡一役中，燕狂徒身負重創之下，殺了裘無意。蕭秋水因覺燕狂徒對自己有不殺之恩，而且燕某其時受數人合攻，勝之不武，所以稍爲阻攔趙師容、朱順水的追殺，以致被燕狂徒後來搶得「天下英雄令」逸去。燕狂徒近幾年來雖也沒惹什麼事，反倒在江湖上銷聲匿跡，但蕭秋水心裡總是不安。

尤其是對「神行無影」裘無意之死，蕭秋水更覺遺憾。裘於壯歲時曾是睥睨風雲的將軍，後來因脾氣暴躁，而且放浪形骸，終於惹怒皇帝，重判放逐，裘無意卻另有際遇，當上了丐幫幫主。後又失蹤一段時日，重返後有些神智不清，癲癲瘋瘋，故聲名還不及少林天正與武當太禪。蕭秋水初時不知其因何支持擁戴自己，後來在麥城殺退金兵後，蕭秋水與陳見鬼遍尋裘老的屍身而不獲，心中甚爲恐懼，怕燕狂徒狂性大發，似當日整治邵流淚一般的方法來整治裘老，那自身就真箇成了假手行兇的罪人了。至於唐肥，在朱順水遁後，蕭秋水本可輕易號令弟兄，取之性命，但因念曾共過患難，鴻門一役之中，又曾出過大力，所以也就沒有出手。唐肥趁機逃去。

「三才劍客」提及這些，顯然都真的是留意觀察蕭秋水已久。蕭秋水學武之心，雖不如少年時候熾烈，但由於個性天賦，傾近詩劍，有更上一層樓的時機，又怎會堅拒?三才劍客相顧一笑，江秀音啓齒動聽，娓娓道來：

「『忘情天書』所錄的劍法，其實也是心法、身法、招法、技法……只差在內功沒有特見，這也是我們一直要等到你內力高深後，才授於你的主要原因，否則學了就像我們一樣，三人分散了凝聚的力量且不言它，連出劍的內力都嫌不足，效果大打折扣，反而不美……」

溫艷陽接著說話，這三人說話猶如音樂合奏一般，甚是好聽。

「東瀛有這一類劍術，或云刀法，叫做『忍術』，或又叫做『陰流』，乃映月芒反射敵人之目、借樹隱身、借山遁逃之類方法，但與『忘情天書』一媲，忝爲皮毛，蔚爲末流矣。……最主要的是，東瀛扶桑的這一套，只是『術』，而沒有『學』，只在花巧，而失去了內容。『忘情天書』首重『有情』，『有情』後始能『忘情』，『忘情』後方能『高情』，高情之後，即能把己身之意志生命，融入爲大自然生物靜物任何一石一木之中，借以宇宙天地的力量，擊毀對方，而不是以自身在大自然中滄海一粟的微薄力量……敵人武功再高，又怎禁受得了天地無情的巨力?我們數次勝你，你武功愈高，我們發揮愈強，便是生自這個道理。」

蕭秋水有所悟道：「……那麼，你們將劍道融入音樂之間，也是……也是這『忘情天書』中劍法之一部分了？」

溫艷陽頷首道：「劍法本無。唯天地無處不是劍法。」

蕭秋水一時只覺猶如頭頂有一道瀑布，白花花地沖擊下來，大悟道：

「我明白了……」

登雕樑沈聲道：「這『忘情心法』共分十五，即『天、地、君、親、師、金、木、水、火、土、日、月、風、雲、我』，所謂劍招，皆在這十五項變易不變，變變生易，易易如常，常即是我。譬如要在遼遠遼闊的大地上擊敗敵人，可仗『天意』、『地勢』二訣勝之。借溪流之水激濺而施殺手，乃屬『水逝』之訣。借月芒相映使對方如罩寒霜，奪其心魄，則是『月映』訣。借風吹飛花間擾亂敵手視線而斬殺之，則是『風流』訣，人融入山影之中，借山勢嶙峋破敵人殺勢，則是『土掩』。共十五勢，分十五法，總共一十五訣，則上天入地，任何一石一物、片衫片瓦，亦可充分發揮。可隨音樂創新招，可隨畫意生無極。總之層出不窮，永遠是創新之生命……」

——難道學了「忘情天書」便是無敵了麼？

蕭秋水心中有這般疑團，登雕樑比較沈厚，一下子便看出了這點：

「不是。」

「而學了『忘情天書』之後，要能「忘情」，一旦不能忘情，便不能拋捨己身，只能成爲一無所有的劍客了。使『忘情劍法』時，天地之間，只有一個人、一把劍，千山萬水，眾生百相，都是他的劍而已。」

「如果有情、情襲他念，便無法進身融入其他人心中。如『君子』一訣，乃仁者無敵之劍；若人情尚在，則無法完全放棄自己，不可能成爲真正九五尊的人上人。」

「而且『忘情天書』，乃由天地萬物生意，不是無敵，反是有敵，若有一日，有一人，施展的是他本身就是高山大海，或萬民之尊，萬物神祂，日月聖明，你的劍法，面對這如同山河歲月的人，便無法可施了。這點要切記……」

他們都沒有留意到，蕭秋水眼瞳中稍呈驚懼之色。因爲他在聆聽那一番話間，猛然想起李沈舟，那空負大志的眼神，那在峨嵋山與青衣江中洄入天地的一葉扁舟……

（究竟誰才是無敵？燕狂徒？李沈舟？還是朱大天王、趙師容、柳五？抑或是一冊發意心生的「忘情天書」？……）

（還是神州無敵!?）

蕭秋水一面尋思著、一面傾聽著，心中到了一個出奇靜謐的境界，但又似些微有著不安。他學了「忘情天書」，還能不能身繫家國安危？悟了忘情的劍法，能不能再心念唐方？

「忘情天書」共分十五訣，依次是『天意』、『地勢』、『君王』、『親思』、『師教』、『金斷』、『木頑』、『水逝』、『火延』、『土掩』、『日明』、『月映』、『風流』、『雲翳』、『我無』共十五法門。「三才劍客」誦讀「忘情天書」細則法門時，蕭秋水逐而漸之，融入了那浩瀚如海的心法之中……

光陰流逝。

完稿於一九八〇年四月九日於神次庚申過年後苦難期間

重校於一九八四年六月十八日遠景出版論著「談笑傲江湖」

三校於一九九三年八月三日

四川成都新華書店託汪小姐電洽談「布衣神相」、「白衣方振眉」／「武俠文化史」多處提我／婉拒一報之訪／讀友李志吉、張永忠熱誠來信／N眠／取消大陸行不受影響／與敦煌出版社出版人議定重出「神州奇俠」系列及爭取另一系列版權重歸事／調「小辮子」重新入「局」
修訂於一九九八年一月元旦壽辰
溫何梁方余大慶祝，開香檳大噴彩條，笑足一夜，葉余大戰，梁失蜜蠟怪甚／杯子消夜，舒天光離去，生日有良朋，人少一點也無礙／生辰首在珠海渡／竹家莊方能來賀／人情冷暖，自求多福，人事幾番滋味，如寒天飲冰在心頭／來年局勢必易，決不讓冰封百里，寒鎖千日／乖乖仔好仔一個人過牛一

《神州無敵》完
請續看《寂寞高手》

【武俠經典新版】

神州奇俠（卷六）神州無敵

作者：溫瑞安
發行人：陳曉林
出版所：風雲時代出版股份有限公司
地址：10576台北市民生東路五段178號7樓之3
電話：(02) 2756-0949
傳真：(02) 2765-3799
執行主編：劉宇青
美術設計：許惠芳
業務總監：張瑋鳳
初版日期：2024年4月新版一刷
版權授權：溫瑞安
ISBN：978-626-7369-55-5
風雲書網：http://www.eastbooks.com.tw
官方部落格：http://eastbooks.pixnet.net/blog
Facebook：http://www.facebook.com/h7560949
E-mail：h7560949@ms15.hinet.net
劃撥帳號：12043291
戶名：風雲時代出版股份有限公司
風雲發行所：33373桃園市龜山區公西村2鄰復興街304巷96號
電話：(03) 318-1378
傳真：(03) 318-1378
法律顧問：永然法律事務所 李永然律師
北辰著作權事務所 蕭雄淋律師
行政院新聞局局版台業字第3595號 營利事業統一編號22759935

國家圖書館出版品預行編目資料

神州奇俠／溫瑞安 著. -- 臺北市：風雲時代出版股份有限公司,，2024.01-　冊；公分
武俠經典新版

ISBN 978-626-7369-55-5（第6冊：平裝）

1.武俠小說

857.9　　112019839